i
imaginist

想象另一种可能

理想国
imaginist

安静·肥满

卢慧心 著

北京日报出版社

平滑干净的材质

黄丽群

读卢慧心的小说会让我想:"啊,我也好想写出这样的小说。"觉得非常的羡慕。再读下去,顿一顿,又想,"啊,其实也只有她能写出这样的小说。"可见文如其人这件事也是有的。

我常常想象短篇小说是什么呢,短篇小说似乎是一种跟水面保持关系与张力的技术。当然这是个人独断的审美观,但我的确不太喜欢耽溺其中的类型(不管背景是大江大海或小河塘,溺死了就是溺死了),有一点太过扎手舞脚;又觉得若站在远远的天上,云水两清,自己的倒影也看不见,未免有一些怅然。

我比较喜欢的是晴天打水漂，实心小石打在水面上，以刚刚好的韵律在刚刚好的位置闹事，声响出现了，波荡出现了，毫不辜负一场好天气，也毫不犹豫，不愿意载浮载沉，该到底时就往水深处笔直安静地到了最底，像牵着一根钢线往下拉，可以把那整个袖手旁观的宇宙都拖下水。或者接近飞鱼，张起银织的胸鳍在海面上下穿梭，亮得像一甩尾就能把南国的阳光反击回天上，耳中几乎有铿锵金石声的幻听，不明就里的人觉得飞鱼之所以这样飞是一种美，仔细问过才知道，是因为有像命运一样的大型鱼类在后面掠食。

卢慧心的短篇小说就是这样的水漂与飞鱼。文字本身像美好的午后，清清淡淡，普普通通，靠的不是跌宕起伏，而是生活本身庞大活动的呼吸；但也像那一个美好的午后，分分秒秒里都有种齿牙相错的细致，让人知道生活就是一种相磨与对盾的工序，因此就太容易不对劲了。然而这种细致的表现方式，又不是聪明外露，而是包裹在一种平滑干净的材质里，看上去，一点都不矜贵，制成了水壶，制成了汤碗，制成了肥皂碟，我想象它们是被安排在一间很日常的、和餐厅连接的厨房里，作者洗过手，微笑着倒了水，盛来一碗炖菜，使用的其实都是苦韧的食材，鱼腥草之类的，可是技术高明，温暖好吃。

她十分会写各式各样的荒凉破落，也是很干净，并不是被洗刷过的那种，而是她的眼睛看得见事物顶天立地的本色，像荒凉就只是荒凉，而不把它扭绞成悲惨，破落就只是破落，而不曲笔疾书成不堪。她有一种温柔的不温柔，优美的不优美。

其实卢慧心是个编剧（是职业，不是譬喻），我猜她应该写过一些偶像剧。因为网络跟共同朋友的关系，我们算是有点认识，大概知道她住在台北的哪一带，工作是什么，很喜欢吃某家热炒，但我几乎不知道她同时也偷偷地写小说，去年得知她几篇作品得奖（连这也不是她自己说的）后才知道这回事，这风格也很像她和这本书。她的对白写得特别特别的好，非常适合作为正面教材，有时读着读着我会错觉自己成为故事中某个一起打牙涮嘴的角色，内心有点满足。

这本小说几乎没有一篇我不喜欢，我最喜欢《车手阿白》与《蛙》，也喜欢《一天的收获》或《艾莉亚》。《艾莉亚》讲了一句："身为女人才会碰到的各种天灾人祸。"不含标点，敞敞亮亮的十五个字，就圈住了别人用一万五千字甚至十五万字才哭得完的范围，连性别的说教都省了。平滑干净的材质，像上等的大明火珐琅，或者老瓷器，不惹眼，不冒贼光，我非常希望她能一直一直地写，在这海上她是一尾奇行的飞鱼，只此一只，别无分号。

目 录

- i 平滑干净的材质 / 黄丽群

- 001 蛙
- 033 车手阿白
- 059 一天的收获
- 077 阿焕
- 103 Time to Next Life
- 129 艾莉亚
- 159 8th

183　安静・肥满

205　两个世界

223　浮浪

249　城市中的跑步者

261　人生要负责 / 纪大伟

267　那双温和的眼睛 / 柯裕棻

271　代后记　写作放我自由

蛙

深深的拥抱中,他的伤痛仍是传递了过来。

后来,很久以后的某一天,在泰国,她和外甥女睡在狭窄的阁楼上,将睡未睡的时候,他和她的往事突然又在心里缓缓流淌。或许只因这里的日子静而纯粹,孩子又睡得比谁都早,才想起他。

电风扇嗡嗡摆头,将蚊帐吹拂得如风卷波浪,好动的沙沙已经睡得和石头一样沉静了。沙沙是在高雄出生的,回来不久就活脱脱变成泰国小孩,讲中文的腔调也变了,发声的部位不太对,音调总是上移。

睡前，她曾试着把蚊帐上的金龟子、独角仙赶开，然而所有昆虫都抱紧足节，决心将自己嵌进尼龙网眼。甲虫背负宝石色的流光，蛾子静止如绒扇，浓艳慵懒，很难想象它们在夜空中飞行时竟是翩翩飒爽，绽放几何图案。

阁楼的灯关着，楼下的电灯光就透过阁楼的木头地板漏出来，一隙一隙地照在墙上。

她试着从距离最远的那一刻开始想他，几乎是从时光的另一端开始。

高一时，他们同班过一年。

他个子高，适合打球，也跟班上的男生一起迷上了《灌篮高手》。流川枫也许非常帅、球技又好，但他们每一个都自认是樱木花道。樱木鲁莽又友善，还有可爱的晴子在身边。

他和她当时几乎不会跟对方讲话，也不会想到彼此。高二分班没分在一起，虽然教室就在隔壁，但两人从此再也没交集，就这样毕业了。

她怀念那些不记得的日子。

在学校，大家都直呼姓名，她是何贝唯，他是林立伟。

木头的屋梁像龙肋，有些弯曲，顶上钉着红棕色的铁皮。楼下的人都在看电视，看高挑艳装的男女互掴巴掌、诉说爱恨，她不看，却不是看不懂，其实大半都能懂——沙沙对此大感不解，因为贝唯翻来覆去只能讲几句泰语。

世事总是相像。

天亮前，屋里的人就在潮水般的鸡啼声里醒来，敞开门窗，平原尽头的微光依稀，矿蓝色的薄明中，绿树如梦环绕，远处人家棕红色的屋顶，掩映在树梢的团团绿云之间。

天一下就亮了。

高中毕业以后，他们隔了十五年才见面，长久分别，再见面时已是男人和女人，起初贝唯很喜欢这样毫无盘算，仿佛蒙昧未决，却发现他伤痕累累，不知为什么，泪意总在眼底徘徊。

"你跟她在一起多久,为什么要分开?"

躺在他的身边,不得不问。

那么多个"她"都拥抱过这个男人,然而只有一个"她"一直在等人问起,但,即使如此……即使如此……

他的故事很短,也很长,根本还没结束。

贝唯远比他娇小,可以完全躲进他的怀中,她曾试图把自己藏好,棉被、枕头、床垫,他,全都可以避震。

然而这么可怕的故事,听的人和说的人都口——干——舌——燥。仿佛还是少男少女,裸身相贴,只为一起承受不能说给别人听的可怕故事,她脑海飞快掠过高三的生物课,解剖那些皮又韧又滑、切不开的青蛙,残忍、恶心,腹部一揭开来却是五彩斑斓,心肝脾肺肾,各有各的美。

但少男少女只能尖叫再尖叫。

他说,他们在一起一年多,她得了癌症,大约也是年纪轻的关系，发病快得像迎面打来的巨浪。手术中才发现肿瘤不止一个，一个当场取出，其他的已经不能拿了，连切片也没做，只能先缝合，术后她失魂落魄，似乎有什么已经不在了。

他认真相爱，竟想结婚，她不肯。

她为他冤枉，也为自己冤枉。披嫁纱前，还想激光，瘦身，挑婚纱拍照，这些繁华热闹，别人能有，她没有，别人都有，她没有……

"你还年轻，以后的日子还长呢。"

她狠心推拒，显得更美，不似在人间。

他说，初识不久就深深受到她的吸引，她聪明又漂亮，办公室里人人都喜欢她。第一次和整群同事去卡拉OK包厢唱歌，有个年轻男同事似乎和她很熟，当众壮起小腹要她摸摸肌肉，她依言伸出手，对方却趁势要把她的手按到自己的裤裆上。

众人爆笑出声，他在吃惊之余，火气也上来了，谁知她响亮地拍在那男生腹肉上，笑骂："三八！"

他对她的感觉突然变得好乱好复杂，她一向温柔规矩，这突如其来的面貌将他刺激得头昏脑涨，当晚就对她挑明了好感。

他从来没有轰轰烈烈追求过爱情，这一夜已经很刻骨铭心。

跟她在一起，是他一辈子最开心的时候。

他们只有周末能见面，两人常常只是手牵手消磨时间，说不完很多简简单单的话，在一起也从没吵过架。她温柔体贴没变，也还是漂亮得受人瞩目。他常常是紧张着她，却又打从心底感到安心。

后来，她，就生病了。

真的……好可怕。

她没下楼去吃凌晨的那顿饭，鸡鸣以后又绵绵睡了一阵，清晨的风特别新鲜，替她做新的梦。

沙沙跟家里的人去早市回来，又板着脸来喊她，她不甘心地醒来。不同于阁楼的木头地板，一楼是水泥地基，铺着浅色的大块瓷砖，日日擦拭洁净，光润如油，在她趾间丝丝生凉。

屋里人人赤着脚,进门前就把鞋子随意撂在门外。夜里挂上蚊帐,铺上超市买来的卡通睡垫,就像宽敞的卧铺,但此时睡垫只是倚墙搁着,图案是维尼熊和森林里的好朋友:跳跳虎、小猪皮杰、瑞比兔和屹耳驴。

廊下的水泥抹平得很粗率,猫狗和鸡鸭都在这地上吃东西,尘沙里不时混着鸡屎和饭粒,但屋里的物事却是那么少、那么明净。

木制窗格有相当深度,烈日高照时仿佛金汤泼落,在此却转折而下,依着窗格的图案打印在室内。一个橱柜,一台荧幕很大的电视,接收电波的小耳朵就在屋顶上。墙上贴着泰皇家族的合照和泰皇的独照,月历图片则是穿着袈裟端坐的一位老和尚。屋梁还悬着一个干燥蜂窝。

家里的人吃过饭就趁早下田,她在家赖着,小孩总嫌她太无聊了。"你太无聊太无聊了。"

厨房里的大纱罩下有汤有菜,半片波罗蜜和染成荧光绿的凉糕挂在钉子上,凉糕跟波罗蜜是外头买回来的,沙沙在廊下喂狗。

蛙　007

随便洗过手脸,她打开电锅自己盛饭来吃。锅里的白米饭还微热着,但插头已经拔掉了。在这里过日子要好好省电,还要节约水。

厨房建在水泥隔间的外缘,没铺瓷砖,磨光的水泥地踏在脚下如海沙,白日发烫,夜里细凉。厨房里接了瓦斯也接了滤水器和水管,水喉下是一个半人高的大陶缸,洗菜洗手后漏下的水就储在缸里,做完菜再舀出来洗脚洗地。

家里一天烧菜两次,十人份的电锅里永远都煮着白米饭。自家种的米,没拿出来卖,米是家人们整年要吃的。现金收入是提活鸡去早市卖掉。

说起家人,这里四邻都是血亲,从一位尚在人世的年迈女性算起。她散布开来的枝叶,点点聚散在这地平线很平、太平、仿佛剪开天地的迢远平原上。平原上也有小山缓缓,山棱连接着庙宇金色的屋顶和阿勃勒烁金的花串。

她盘坐在地,正用汤匙在吃饭,沙沙赶紧搂着三花小猫过来聊天。这小猫轻巧极了,白日里总是在睡,任孩子抱来抱去。狗不能进家门，猫可以。小睡猫夜里很有精神，贝唯曾见过它在屋里咬着老鼠乱舞，老鼠后来当然被它吃掉了。

"菜是谁煮的啊？"

"娅。"

娅是沙沙的奶奶，贝唯叫她"妹"，是喊她作妈妈的意思。妹七十几岁了，一双大眼，长年弯身种田佝偻了，但人很强壮。

"好吃吗？"沙沙关心地问。

"好吃。"

"娅做的都比较好吃哦。"孩子很偏心地说。

屋里每个人都做菜，手艺相似又相异。市场买来的猪肉末，放进很多辣椒同炒，炒好以后用小铁锅盛起来，用餐时掀开锅盖，把汪着一层红油的碎肉舀到白饭上同吃。

鸡蛋先打进小铁盆，再把一种绿丝般柔软的菜叶刮进去打散，这种植物梗上带刺，貌如荆棘，但丝状的叶子和蛋液一起煎熟后非常香。

巴掌大小的淡水鱼，买回来时已经刮过鱼腹，整条抹上盐巴下锅干炸，蘸上粗瓷碗里的醋和辣椒末一起吃，这里的醋很稠，色泽闪闪，常常拌着艳红的生辣椒。

这几样下饭，餐餐都有，早上一次便做了很多，中午不做菜，只要电锅里有饭就行了。

有时捣青木瓜丝来吃，木制的杵臼一直放在廊檐下，也在廊下摘了瓜，青木瓜用刀竖着切上几道，敲打后就散成青丝。捣木瓜丝之前，叫孩子去流经村口的渠道里抓蟹回来。带着污泥、看起来灰糟糟的小蟹在水喉下冲洗后，恢复剔透，背壳似有镜影，腹部瓷白，在臼里掺些盐，把活蟹和瓜丝一起捣碎，果冻似的蟹肉就消失在木瓜丝和鱼露里。

吃过饭，随意用带锈的木柄小刀削水果吃，波罗蜜蜜汁满溢，边吃边把爬满蚂蚁的部分割去，波罗蜜果实很沉重，每个都比枕头还大，自己家没种，买半个，泰铢二十块。

青绿色的生芒果则是去皮后直接啃食，酸甜爽脆，直到咬破清苦柔白的芒果籽为止。门外的几株大树正在结紫色的小浆果，芬芳酸涩，没多少果肉，常常就直接扯着枝叶一起折下，把紫色浆果放进嘴里嚼，紫浆把嘴都染红了，酸味非常刺激，几乎不想吃它，却又不住地吃着。

屋外四周很多芒果树，他们不摘芒果，直接敲打芒果树的枝丫，把青色果实打落，再从地上捡回来，装进铅桶存放。自然落下的芒果是熟透的娇黄、布满黑色斑点，软熟得可以用手指轻易掐开，孩子们有时去捡来吃两口，常常又随手扔掉，甜腻微酸，在高温的天气里自然发酵，带着酒味。

加工熟芒果是门工艺，村里的人会费心割开熟芒果的纤维，一片片在塑胶筛网上摊开晒干，干燥后压平折叠，带有浓浓奶香。

隔天她就要离开了，行李箱已经理好，里头都是妹给的芒果干。

"我不想你回去。"沙沙摊在地上说，猫也滚在地上熟睡。

贝唯摸摸外甥女的头，一头都是汗。

"那你跟我回台湾。"

"爸爸一起我才要。"沙沙开始讨价还价。她穿着贝唯买来的卡通衣衫，刘海齐眉。孩子们的发型都一样，女孩都是梳着有刘海的耳下短发，男孩子剃平头，学童和青少年们多半整天穿着校服，即使在繁华的曼谷，男孩女孩也仍然留着制式发型，乖乖穿着校服。

要上学的日子里，沙沙早上五点起来吃早饭，穿好制服去村口等车，附近有孩子的人家一同雇了厢型车接送。午餐在学校里吃，傍晚再搭同一部车回来，到家时天都黑了。

"这里上学很辛苦，你不想回去读书吗？"

小孩转头把脸埋在猫背上，嘟哝地说她担心她的狗，她的猫，还有上个月才从市场买回来的，八只会凫水、会吃蜗牛的小鸭，她辛辛苦苦替鸭围了篱笆（至今已经被她姑姑家养的坏狗咬死了两只）。

"那你不想台湾吗？"

小孩说她比较想妈妈。

贝唯的姐姐正在大陆工作,暂时没有回台的打算,贝唯知道一切都是无解,问答也是枉然。

"那讲一个故事给你听吧?"

"讲一百个。"小孩说。

为了讲故事,贝唯把脑海里所剩无多的童话都拿出来。讲了一个,再讲一个,又说要听鬼故事。贝唯只好讲聊斋故事,书生和女鬼相恋,器物成了精怪,蛇跟花妖化成人形……

"你不会讲。"沙沙做了结论,"都没有很可怕。"

接着交换角色,沙沙要讲鬼故事,贝唯当然洗耳恭听。

谁知沙沙说得磕磕巴巴,她甚至把很多中文词忘了,有时得先提问:"那种,晚上在外面飞的,是什么?"

"是蛾?还是……萤火虫?"

"都不是,是黑色的,有翅膀……"小孩左支右绌,挥舞双臂做飞行状。

"蝙蝠?"

"对!是蝙蝠……那只蝙蝠……"

叙述途中充斥着这类比手画脚的猜猜看，贝唯早已忘记故事究竟是从哪里开始了。但沙沙眼睛发亮，越说越起劲，想必这故事对她来说相当精彩，迫不及待想让贝唯听懂，可惜贝唯听不太懂。

"可怕吗？"

贝唯摇头，沙沙颇为失望，扑倒在她怀里叹气，又举起腕上已经有点脏的彩绳给贝唯看。"这可以赶走鬼，想要这个吗？"

贝唯先是摇头，又点头，如果能趋吉避凶，为什么不……而且也很好看。

这种彩绳有时只是黑白黑白黑，花纹反复，有窄也有宽，和台湾街上卖的幸运绳类似，这里也和香花串一样，好像人人都会做，贝唯却每每在那些微的花样中重新认识到迥异的美。

沙沙要去喂鸭，贝唯去撒尿，铁皮搭起的厕所兼淋浴间铺有水泥地，里头接了水管、设了简易的马桶，下面的粪坑也是盖房子时找人来挖的，没有抽水马桶的水缸，也没有厕纸，要动手舀水冲洗。

淋浴间里常常睡着贪凉的猫跟狗，叫也叫不醒，强制驱赶，他们才肯慢吞吞地离开，蜥蜴老鼠到处遗下粪便，还有吃剩的昆虫残肢，或是透明的翅膀，或是珠宝般闪亮的外骨骼。

贝唯撞见过虎视眈眈、下颌一动一动的蜥蜴，也见过肉色前爪、肮脏多毛的老鼠，但贝唯会把尖叫收敛下来，就当作没看见。野物毕竟还是比较怕人，就在不经意间跑走了，只要鼓起勇气用了厕所冲过澡，地下水虽然冷冽异常，可一旦熬过去身体就会变得更暖，又能焕然一新、得胜归来。

蔓生的南瓜叶扇张波澜，翠绿碧绿暗绿，盖满黑色湿润的土壤，在日头下蒸出水雾。野豌豆枝苔绒绒，紫花如蝶，四五株秋葵枝梗颀长、朱红微染，娇黄蕊心底漾着深深的旋涡，很像会说话的眼睛，明媚地瞅着天空。

未到季节的火龙果比人还高，绿龙相接的枝条里藏着白丝盘张的花朵。

走回主屋的小径上有几株花盘比人脸还大的向日

葵，矮墙旁一向扎着半袋谷子，是喂鸡用的，不知哪来一只肉囊脸的大火鸡挡在路上，撅着尾羽埋头在吃从袋子里流泻出来的谷子。

贝唯憋了一口气，不理它，自己转回屋后，仓库里有许多干燥未碾过的稻谷，都用大口麻袋装着，每次经过，她都忍不住要伸手去摩挲那些金黄饱满的颗粒，空气中漾起粉尘闪闪。

果树和蔬菜可以理出地面来种植，稻子不一样，水田还在更远的地方，要下田得骑着摩托车往返，引擎声短促地突突突突地来去。

正午时，辟和妹分别骑着摩托车突突突地回来吃饭，辟一直叫贝唯吃这个吃那个，沙沙倒在辟的脚边，动不动就咬他一口，知道爸爸疼她，就这么无法无天。妹吃过饭，在廊下起了炉火烤野山药，山药的皮在火光里缓慢焦化，粗糙表皮凝出沸腾冒烟的糖蜜，香喷喷，感觉像烤了好久好久，沙沙和贝唯就在旁看了这么久。炭火燃亮后化成白色余烬，火舌舔舐着干燥的木质，沿途自有呼吸，火化了无数心事。

沙沙的小表哥骑单车在村里乱逛，也被招来吃山药，他们都把焦炭状态的山药皮剥掉才吃，但嘴皮上仍都沾上些炭灰，然而烘熟的山药雪白甜蜜，放进嘴里就融掉。

妹说野山药是人家送的，都是为了招待贝唯，也有些亲戚在晚饭时间差小孩端一样菜过来，孩子在她面前有点怕羞，菜碗放下就笑眯眯地溜走了。

也曾送了整块的野蜂窝来，密匝匝爬满了烟熏不走的淡灰色工蜂，她发现这些工蜂聚拢不散，是试图要来照顾那些蠕蠕的幼蛹，然而每个人都用刀刮开盲目的蜂群，切开蜜巢，连白色的虫蛹一起放进嘴里吃了。

她自己小心避开有虫蛹的部分，割一块淡黄色的蜜巢来吃，在清悠的甜香中，连自己也不值得记忆。

吃得太多，贝唯昏昏欲睡，只得到外头乱走，沙沙跟小表哥各自骑脚踏车跟着她。

日光曝白，树荫处更显幽暗，大地被晒出的热气如汤烟，景物融软似蜃气所化，干爽的空气却特别好闻，路有路的味道，树有树的味道，三四里外的雨云也清晰可辨，苍苍的稻浪上时有云影。

她来，每个人都叫孩子陪着她去逛、去玩。外甥女自然比较撒野，贝唯成天只想在屋里躲日头，或跟猫狗玩儿，懒得陪她游戏，对于贝唯的懒惰成性，沙沙常是气鼓鼓的。

她有些难以想象的小脾气，譬如，她每天都要问贝唯："阿姨你爱不爱我？"

她明知贝唯永远要说："不爱。"

沙沙讨厌这个答案，非常气恼，九岁的小女孩，会试着用头撞、用手脚推搡，不让贝唯赖在地板上看书。棕色的孩子手脚并用，几乎要把贝唯压扁了，小女生短衫下的肚皮很圆，圆鼓鼓的都要遮不住了，很可爱。

然后贝唯会继续坚持她只爱自己，然后，小孩就哭了。

沙沙的妈妈说她生来善妒，都怪星座不好。

贝唯听了只在心里发笑，其实真正善妒的是姐姐自己。姐姐是家里头一个孩子，很聪慧，小时被父母稀奇地宠爱过，晚出生的几个女儿也抢不走她的风采，父母盼到幺弟后，姐姐完全失宠了。也许她人生的得失计较就来自这一热一冷，对她而言，此后都是冷遇。因此她的嫉妒是无声的叫喊，是渴求，是带刺的反叛——或许这些也都还是爱。

相较之下，贝唯从小就知道这世界挤满了人，有东西吃就吃快一点，有位子坐就赶快坐下，家里食指浩繁，穷得漫不经心，连椅子都凑不齐。她整个童年都在没写功课、上学迟到和考不及格中度过。

父母责打她，都说她最嫉妒姐姐、最叛逆。

她自问不过是懒了点……

贝唯这一生和嫉妒有关的，都和父母或姐姐无关，嫉妒只能和爱相关。若说她有些叛逆的心，也是因为贝唯早早看穿了，父母只是把乖不乖、成绩好不好当作责打她的借口，她知道他们不是真正在乎她，连打骂都只是在发泄自己的烦躁。

贝唯的姐姐却是真正的叛逆，她对父母的反叛如此漫长，最后竟把贝唯带到这里，眼前的沙沙还在哭着要阿姨非爱她不可。

"好了不哭了，你爸妈都很爱你，还不够吗？"贝唯抱起哭到浑身发烫、微带汗酸的沙沙。沙沙小虫似的扭来扭去，满身都冒热气，像块刚出炉的热面包。

即使与母亲分离，即使在泰北乡下过日子，也实在比贝唯的童年好一万倍，沙沙听了，仍是在她怀里乱扭，却像是在跟她玩什么游戏。

"真的有比你好吗？"

"有。"贝唯说，"好很多很多很多，而且阿姨也爱你。"

"那你最爱我吗？"沙沙乘胜追击。

贝唯知道，在自己这个年纪，母亲已经养出了多少孩子，在这难得清明的时刻，想起父母的脸孔，也不是厌恨的，也不是怨怼的，只是怀着一份淡淡的伤感。

入夜前，她和外甥女照例沿着村外的马路乱走。霞光像锦缎铺展，而层叠的云朵、树、屋只是剪影，令她想起美劳课做的纸雕,天色从地平线外渐次泛蓝,路灯亮了,飞萤绕着炽热的灯球,也都闪着微光。太阳落山,长风习习。

她想起他说,当时好多检查,光是理解就非常吃力,只能按医生的嘱咐一一去做,她先跟公司请了长假,很多人以为是他们要结婚了,每一次的检查都要另外安排时间,数据的分析报告寄来寄去,医院手续烦琐,空调如冰冻,为了做术前评估,她要在医院里住一夜,他送她去病房回来,夜里他就接到电话,说,她走了。

他一直追问自己当时在哪,在做什么……

为什么就没有一个雷声或一阵心悸点醒自己,就像电影跟戏剧里常演的那样?

多少个夜里,闭上眼睛他就看见她。

断气前她清醒吗?

是不是很害怕?

这些黑暗的念头如此刺痛,仿佛深入直下的旋涡,一路下坠,他会在夜里突然睁开眼睛,让自己"立刻"回到现实,然而从地狱归来的这段路,已经不再是闪瞬之久,而是越来越长。

"不要那么伤心,早晚你会再找到一个喜欢的人。"

"不是,是我自己不想再和别人一起。我觉得我跟其他人不能相处。"

贝唯只是抱着他,看清楚他也看清楚自己,短暂地燃亮彼此,相依为命。

他的内里还是柔软的,足够柔软的。然而一次悲欢离合,已经把他能承受的情感容量用完,此后他总舍不得把同样的感情交给别人,不愿意复写情绪和记忆,不想让他与她之间的故事渐次模糊。

她没告诉他,真爱不会败坏,往事只会越磨越亮,就像《绿野仙踪》里女巫的一个唇印,印在额上就永不褪色。她没说,也许只因为她是女人,他是男人,他们的世界颠倒着,就像太极图上的黑与白、阴与阳,就像他与她相拥的形状。

她想起高三的物理课,她和暗恋的人一同潜进摄影社的暗房，她带了一袋冰糖，他带着相机，教室内设了好几道隔音隔光的银底黑绒布，他们在拉帘之间吃吃傻笑，球鞋踩在光滑的磨石子地上咯吱有声，他们有一时走散了，少年的手从帘中突然探出，准确地拉起她的手，她尖叫一声，却仍跟着他旋转，他叫她一边转圈一边抬头看，才不会头痛，她照着做，头还是很痛很痛。

他们是来办正经事的，夏日蝉声唧唧不休，两人嘴里都噙着打碎的冰糖，说话间牙齿与糖块有些细碎的碰撞，有心无心地口齿不清，含糊地说很多傻话，也没有表白心迹。却又像是能说的都说光了，不然怎么办，倒也有种蛮横的乐观。

他们在干涸的药水池里砸碎冰糖，拍下照片，是为了观察课本提到的发光现象，然而照片洗出来一片黑，至于冰糖究竟有没有发光，两人有很多不同的说法。

她记得，穿夏季制服的感觉，当时两人的手都有点空荡荡，便握着对方的手，只觉得凉，也不知踢倒

蛙　　023

了什么，不时有东西在地上滚着，叮叮当当。

每当爱上谁，那声响就会突然在她耳边回荡。

晚饭照例是全家一起吃，不只沙沙的叔叔在（他只喜欢男生，沙沙每次强调），沙沙的姑姑也带了一家人过来。两家人准备的饭菜合在一起吃，都摆在一块长形的布上，大家席地坐着。吃完饭又吃水果。秋天来时常吃山竹和红毛丹，现在就吃许多芒果。

辟说吃过饭要去替贝唯找手环，贝唯有点不解，她知道沙沙的手环是辟自己编的。

"找人送你一个。"

晚上七点是大家吃完晚饭开始看连续剧的时候，辟却很难得地带贝唯跟沙沙出门，村里的人很少在夜里离开室内，他们天黑后都习惯待在屋里。即使像辟这样在高雄生活过多年的人，也是一回到这里就完全融入了家乡的生活，仿佛根本没离开过。

村外的马路有路灯，村里没有。黑夜中大马路旁的两排灯死寂地亮着，村中却只有每户人家窗户里透出的灯火。他们一人拿一只手电筒离开屋子，沙沙的狗都想跟来，被骂了回去。别户人家的狗吠声起起落落，鸡群都挤在笼里不动，夜里天气微凉，天上的星星寒光闪闪。

"爸爸要带我们去找娅的辟。"沙沙很小声很小声地说，夜里不好大声说话，尤其在屋外。

妹是村子里的原始居民，四周环绕的田地都分属于她的家族成员，她的哥哥应该有八十岁了，不过这里的老人多半到死前一天都还能下田、吃喝、说笑，体力相当旺盛，妹守寡，只小她五岁的胞妹却任意改嫁，五年前还结了第三次婚。

辟的舅舅家房舍很大，也是棕红色屋顶，从外围的菜园往里走，也同样都是主屋、仓库、浴室，规模却截然不同。他们养的狗更多，先是吠，然后是跟前跟后地嗅闻。

老人跟儿子、儿媳妇、孙子、孙媳妇都在大屋里看电视，正在吃饭后水果。

屋里的人都招呼贝唯进去坐，她只是笑着说不要。

蛙　　025

辟把来意说了，老人点点头，让晚辈继续看电视去，自己拿些东西就走出来，外头的狗一阵骚动，老人摆摆手，狗都散去了。

老人对她微笑，泰国人都有灿烂笑容，贝唯也回以微笑，这些泰国的姻亲们，常常给她更多家的感觉。

老人手上也拿着一个手电筒，很亮的，把后头的芭蕉照得影影绰绰，沙沙紧跟着她爸爸，贝唯则跟着老人，老人好像很随意地走着，拣了一个地方停下脚步，贝唯环视四周，看出他们人在村子的边缘，再往前只有许多树。

老人跟辟讲了一会儿话，贝唯也不大留心，沙沙却指着树林对她说："阿姨，你去里面一下。"

贝唯把手电筒转向树林，没有能算是路的地方，她穿着便鞋，连袜子都没穿。"去里面做什么？"

辟往树林里比画了一下："去找一个东西，要会动的哦。"

"会动的东西？活的东西吗？"贝唯从茫然中逐渐明白过来。他们似乎是真的要她独自走到那个林子里，去找一个活物。

找活物，然后呢……献祭吗？她想起浴室里的蜥蜴和老鼠，和那只脸很吓人的大火鸡。

"我不行啦……"

"那个会自己过来。"辟说。

"那个"到底是什么呢？贝唯苦笑。

"不要怕啦。"沙沙没有那么小声地说。

贝唯僵了半晌，没有人再说什么，只等着她行动。

最后她认命地慢慢走进林子，没有路，地上的植被很厚，她一踩进树林，双脚就陷了进去，走远几步以后，她有些狼狈地回头看去，身后的老人、辟和沙沙，三人手上的三道灯束，都朝她摇动示意。

其实没有那么可怕。

林子里的树种不杂，大抵是同样的树吧。都是笔直而高大、树皮平滑，她大概也惊扰了这个林子，突有枭鸟扑翅从她头顶经过，气流迤逦，她开始担心如果得抓一只枭回去怎么办。

最好在林子里稍微消磨一点时间再两手空空地回

蛙　　027

去，或者试着抓一只懒惰的夜蛾交差好了。

她胡思乱想，缺乏前进的意愿，却好像电光一闪地看见了那个……

那是只背上有金色花纹的青蛙，宁静地蹲在她脚边一块岩石上，贝唯小心地蹲低身子，静静和它对望了一阵。

这么可爱，忍不住令人想去亲近，蛙嘴有点尖，下颌雪白，对她半仰着小脸，露出天真的神情。

"啊,怎么会……"她非常快乐,好像找到了自己。

很奇妙地，此时竟有另一只一模一样的青蛙冒了出来……

等她两手空空地回到树林边缘，只见老少三人围坐在一起，手电筒放在地上聚光，父女两人都专心地在看老人编结丝线。

她一身汗仿佛刚从水里被捞起来，还讷讷地想解释自己为什么空手而回，却见老人抬起头来，对她笑了笑。他手上的彩绳已经完成了一小段。

"阿姨你看到什么了？"沙沙问。

"青蛙，背上有点金色的。"

沙沙对老人附耳说了什么，老人只是点点头。

"有两只哦。"

离开前，妹替她在屋后摘了椰子，并且一一凿开给她喝椰汁，她试过要自己去凿，但完全不得要领，深感气馁，只能任人帮忙。

几乎已经木质化的老椰子剖开后，椰汁是发酵过的，酸香甜郁又满是气泡，是天然的椰汁汽水，较幼嫩的果实里，则满藏着甘美的汁液，饱含椰油的果肉肥白腴华，用汤匙刮出来吃。

火车晚了两个小时才从清迈开到彭世洛，沙沙和辟陪她在火车站等车，她对沙沙满怀歉意。又是只住了几天，又是匆匆忙忙，又是懒惰地不肯多说一些故事、不肯陪她做游戏……即使是这么不称职的阿姨，沙沙还是很舍不得她走，泪眼汪汪送她上车。

在火车上又耗掉七个小时，深夜抵达曼谷，她住进华南蓬火车站附近的旅馆，隔天醒来就去一家连锁按摩店。按摩女的双手仿佛逐渐加温的热水，将她整个人揉散又重新组装一次，再世为人。

按摩出来，发现撒拉甸的街角有家黑漆漆的英式酒吧，叫"黑天鹅"。她不顾刚按摩过，推开黑色沉重的木门。

酒吧里金碧辉煌，冷气冰凉，西方人三两成群对彼此喁喁低语，或在角落翻看外文书报。贝唯点了杯啤酒，吃一份炸薯条，价钱和台北一样，约是彭世洛一整个月的电费。

她喝着啤酒，眼光却落在自己的手腕上，两条彩绳缠在一块。

金背脊的青蛙，想来已经像是她的梦，又或者，她才是青蛙的梦。

老人给她打了两条彩绳。老人说，她心里有一个人，听起来好像是她有一个秘密的心上人，或某个难忘的爱人。

伴着啤酒，她在心上默默翻阅那些不同的脸孔、爱过恨过的身体，却又一一被自己否决了。如果她心里真有一个人,她不会不记得。于是贝唯一面把玩手环,一面想起更多有可能走进她心里的人。家人、朋友、上司、下属,甚至是反目为仇的敌人,当然她也想起了林立伟,又一次真心希望他能过得快乐,虽然她不知道该对哪一位神明祈祷才好,但她总是诚心的。

也许只要是诚心的,那就什么愿望都能实现,她举起半满的酒杯,对啤酒许下心愿,如果可以的话,她希望林立伟能过得好,即使要把人生的苦和甜都尝遍,她也期盼他能平静快乐。

酒杯轻触唇边,她才突然想到当时的情景,他将脸藏在她的胸前,微暗的灯光下,她轻抚他乌黑微卷的头发,任他痛哭一场。

原来她就这样留在她心中了,那个早逝的她。

贝唯并不惊讶,就像做梦一样,梦中的一切早已了然于心。

她只是静静地把杯底的酒都喝完,温润了那稀薄的记忆,即使是来自一个陌生的女子,但的确有一份印记转写在她的心底,他的伤痛流入她的心中,隐约也藏着两情相悦的快乐，那是最初最初、清甜的滋味。

回到台湾，她隔天就开始上班了。比起休假前的表现，也没什么不一样，她这次把年假用罄了。

姐姐从大陆SKYPE她，说他们一家三口，打算统统迁回台湾。

还说她："亏你在那里待得住。"

有时跟沙沙讲电话，沙沙总要问问她心里的金蛙怎么样了。

"现在还是两只吗？"

"还是两只哦。"

——写于二〇一三年夏天

车手阿白

我去联谊的时候认识了阿白——那种专为单身男女办的付费联谊活动，我还是第一次参加。

是 N 先把联谊活动的网页发给我的，我跟 N 连着好几年都没什么感情事件了，因此常常在各种通信中交换对此事的感慨。

邮件标题："要不要跟我一起去"

邮件标题："RE：要不要跟我一起去"

邮件标题："三十好几没对象的人好像不太正常"

邮件标题："我们也不算正常！"

谈起联谊后，我们依然毫无行动，任凭邮件继续往返了大半年,其间她在同事介绍下认识了一个适合的对象,也跟对方热切地约起会来了。最后发来的邮件标题是:"快去联谊!"

我得一个人去联谊了。

先在网络上填好个人资料和对伴侣的相关期望就算是入会,主办人会把每个月的聚会主题整理给会员参考。聚会主题通常都写得很俏皮,"不会做菜也OK的下厨派对""工程师之夜"等等,这个网站号称是新世代的婚活,"婚活"这词来自日语,虽然跟"就活"(为了就职而进行的活动)算是同系列的造词,但看在我眼里,"婚活"两字隐约有种不婚就死的危机之感。

入会以来,月初我都会收到大字闪动、花花绿绿的会员电子报,派对名称林林总总,在公司点开这种信件令人一阵羞赧,但仍有不少主题凭空勾起我许多想象,譬如"认真男生找真心女生",还有"稳定系六年级*谈心派对"等等。

---

* 指二十世纪七〇年代出生的人。

要这样分的话，我也是六年级的。

我查过日期，选了标榜六年级的场次，勾选"参加"。不久后就收到通知，结果那天我花了整整五个小时在聚会上，因为有五十对男女必须在最短的时间内起码谈上几句，玩配对游戏，还得吃完会场提供的西式套餐，所以场面非常混乱。

每过十分钟，男士们就集体换桌一次，大概是怕背景音乐低缓轻柔会令交谈变得尴尬，店里播放着大声量的节奏音乐，所有人都拉高嗓门，在彼此的资料卡上填写邮件地址，很多人一边写一边说，最近很少拿笔写字了。当然，我们又不是真的小学六年级。

有些男生直接留下手机号码，我欣赏他们的果敢。有些女生自备了印有姓名、昵称和邮件地址的荧光贴纸，轻松一贴，还能多几分钟和大家聊天，我欣赏她们的有备而来。

我很快就失去隔着桌子和异性高声谈笑的力气，有时只是相对微笑，任凭嘈杂的重低音猛击耳膜，感到时间列队流逝，或和同桌的女生小聊一会儿，每一组女生都全程同桌，反而很容易熟起来。譬如坐在我左手边的女生是某电视频道的剪辑师，很漂亮，谈话间也显得机智可爱，每一批男士换过桌子都会传小纸条给她表示心仪，桌上的小纸条越叠越高，而坐我右手边的是个温柔的小学老师，说起话来腼腆有礼。我觉得我不太受欢迎，但也不觉得很不受欢迎，没看见什么一见钟情的面孔，但也不是很丧气……联谊是这么一回事。

途中有几分钟我放弃折损自己的喉咙，离席到店外呼吸新鲜空气（店里开着一种精油蒸汽，阿白说从那阵香雾中退出的我浑身都有点柑橘味），餐厅外的静巷里，挟着人家围墙里长出来的两株芒果树，我稍事休息，才发现巷子里也有不少从店里逃出来的人，在树下抽烟的阿白就是其中之一。

"很累吧？"我说。

他点头。

"你有吃饱吗？"

"我们见过吗？"他问。

"还没，"我翻看我的资料卡，"不过放心吧。我会很快碰到你。"我说完还自己笑起来。跟很多陌生人交换资料以后，我突然觉得自己善于社交又富有幽默感。

我回店里时，阿白还在外头，后来轮完所有桌子也没再见到他，我想是彼此都走来走去错过了。一下午收集了近五十个异性的资料大大纾解了我的某种焦虑，眼看许多人都为寻找人生伴侣烦恼，我倒显得不够烦恼了。

过了几天，我搭高铁去新竹出差，又碰到阿白，阿白认出我之后表情一变，他疑神疑鬼、忐忑不安，最后才问："你怎么知道你……你是怎么知道的？"

"知道什么？"

"你说你很快会碰到我。"

原来阿白根本没去参加联谊，他那天只是刚好跟朋友在附近的店里碰面，出来抽根烟而已。

这就是我跟阿白认识的始末，阿白比我年轻一些，高雄人，自己在台北开了一家车行，他跟以前的女朋友有个女儿，抚养在前女友的父母家，阿白除了提供生活费外，也常常去新竹看孩子。

"我女儿的妈妈已经嫁人了，但我不知道她嫁给了谁。"

阿白跟我谈起他的生活，就像引用一本翻开的日历，他好像对时间特别敏感，谈到过往，他可以引述年月日，那天是星期几都还记得。我们在车站里站着谈了一会儿，同回台北后还一起在车站楼上吃过饭才道别。台北车站比起以前，显得很现代化很聪明，也让身在其中的人多少聪明了起来，以前我一直在这里迷路，包括捷运站和台北地下街，整个台北车站是个庞大迷宫。

阿白说他不迷路。当然，他是高雄人，可是他在车站怎么转也不会没了方向感。我跟他说我希望哪天他能去戴高乐机场试看看。他说他还没出过国咧。但是搭过飞机哦。去澎湖，也去过台东，很好玩。

这两个地方都很美。他说。我点头。

我想起暴雨的台东山区，台九线。还有，澎湖向来少雨,我去澎湖两次却都碰到雨天和晕船之苦。之后的谈话我一直陷在雨中,阿白的故事挟着风吹雨打,与云层几度剥离重生的天空下,大海新绿又潮湿,那一席眠床般的海啊。

阿白好像很少有机会能把自己的事说出来,也许他无法对同性倾谈他的心事,虽然他的心事在我看来没什么丢人之处,也就是寂寞了,彷徨,过去失败的感情令他却步不前,我看得出他很疼爱女儿,但又抱怨着抚养女儿的那家人视他为仇敌,他只想赶快结婚把女儿带回来,但结婚对象若嫌他有个拖油瓶该怎么办才好,结婚对象若欺负女儿又怎么办才好。

我一边听着他说话一边吃饭,还劝他也去参加联谊看看(我很诚实地告诉他联谊后没有任何男性跟我联络)。我用手机把联谊的网页传给他,顺便交换了电话。

后来阿白也常打电话给我,没聊什么,他有时候午后打来,我在开会不能接,改用APP问他:"我在开会啦,有事吗?"

他会回："没啦。"

有时候是我联系他，他回"有事就打电话！"但我略一反省，觉得其实没事可说，也就没打过去。但没过多久他会打来："怎样？不是说要打电话？"

有时我工作稍微有了空当，睡眠充足，想要吃些好吃的东西，愉快地度过假日，也会找阿白出来。当然也要他有空，心情也好，他有时还肯开车来载我去远一些的地方逛逛。我是完全靠捷运跟公车生活的人，有人开车来接我，我觉得很好，N交男友的条件就是得有车，她说有人接送的滋味真是好多了。

我跟阿白说开车是他的加分点，阿白大笑，但没否认，他车里有小孩的玩具，开车时我常常看他手机里女儿的照片解闷，女儿很可爱，眉毛很浓。

"天啊这根本是你的眉毛转印上去的。她个性很强吗？"

"像我个性当然强，女生有脾气比较好。"阿白一面倒地说。

阿白跟我聊过他的两个约会对象，一个是朋友介绍的，在邮局上班，听说没交过男朋友，感觉很乖的三十岁女生，认识大概一个月，约会过两次。另一个是在网络上的配对网站碰到的二十六岁的职员，二十六岁，不就是个妹阿吗？

这个妹阿（我们两个讲好叫她滴乀，闽南语的"甜甜"之意）跟阿白见面当天就去摩铁开了房间，来往两周后，说想跟他同居，不是网络上那种同居，是要住在一起，阿白当下选择消失，电话不接，网站账号取消重新注册一个。

"你肇事逃逸哦？坦白讲清楚就好，干吗消失。"

"我消失就是一种信号了，就是跟她讲我不要啊。"

"信号屁啦信号！"我一向不把屁啊屎啊的放在嘴上（真屁假屁都一样），但我对阿白破口大骂。"我帮你传信息给她！"

"传屁啦手机还我。"

"我传一句话会害死你啊？"

阿白跟我炫耀过滴乀的相片，所以很容易找到，我擅长拇指注音输入，飞快传了一句话："对不起，我没办法跟上你的进度，祝你找到真心爱你的人。"

传好了，阿白大吼："啊！这意思不就是说我对她没有真心爱吗？"

"现在没在一起当然没有了，再说你断绝联络了，还在那边装纯情干吗？"

我把滴ㄟ的APP屏蔽，手机号码删掉："再联络也不过是炮友，我帮你删。"

阿白被我说中，无语良久，才说："其实我很想结婚，但每次跟女生在一起我就很怕，会一直想说，干，跟这个人我没办法过一辈子。"

"我连找个男的约炮都做不到，你赢我很多了。"

"拜托约炮两个字你不要讲好不好，很恶。"

我非常得意："何止约泡，我还想去卖淫。我去万华站壁好了，可以挑客。"

"卖淫你也好意思讲？你有没有念过书啊你。"阿白一脸很嫌我的样子，"那边没你的份儿啦。"

谈到性工作者，我们的谈话不过很低俗地停留在此，没有任何社会责任感，阿白是很大男人的人，我想他习于否定女性跟他一样有性欲，另一方面他又自私地把自己的性伴侣美化成感情对象，当对方要求感情回馈时，他才赶紧把对方降级为性对象，我对他的观察残忍且冷淡。但我仍把他视为朋友，他有时太沮丧了，我也会认真说些话来安慰他。

"我朋友的朋友，是真的存在的朋友，不是都市传说哦！在MSN上跟外国人聊了两周，对方就从意大利飞来了，他还是第一次搭飞机咧，然后两人就结婚了，你看看，这种事都有啊！所以结婚完全是靠缘分！"我跟他说。

"我女儿的妈妈就跟我没缘分哦？那她干吗帮我生小孩？她干吗不拿掉？"

哼哼。我觉得他完全不可理喻。

照理来说我没办法容忍这么蠢的朋友，但我竟然容忍阿白讲这些蠢话，我想人家说红粉知己大概就是这个意思，红粉就是指异性，虽是异性，却又不能接受与对方发生性关系，就变成知己了，所以我才愿意跟阿白一起打发时间，听听他古怪又强词夺理的人生意见。

"你以前的男朋友都是什么样子的?"

我沉吟很久没开口。

"啊你应该也要讲一些给我听吧?"

"好啦好啦,我想想看。"

就这样,我们说好要告诉彼此一些故事。因为他已经说了很多,所以我说了当时想到的第一件事。

在巴黎,有一次,我带着行李,在 Chatlet 站等七号线,车来了,我及时把自己和行李弄上车,车门关上,隔着透明的车门,我才看见一顶灰蓝、浅蓝、深蓝交织的毛线帽,歪歪地塌软地搭在长凳的一角,仿佛随时会落到肮脏的水泥地上,遭人践踏。

巴黎地铁线路庞大杂乱,要去稍远的地方,就有好几种转车的办法,在 Chatlet 站换线时,还得在地底下与众人交错行走许久,我拖着行李箱走到七号线的月台时已经浑身冒汗,不得不把头上的绒线帽摘下来。帽子是我自己打的,原本也不是为了自己戴,想送给当时喜欢的人,挑了灰蓝浅蓝深蓝色。对方看到我打这顶帽子时问,为什么女生都要打毛线?

这类句型过后也持续出现着,为什么女生都要哭?为什么女生做爱都要叫?

我深信他真正想问的对象,并不是所有女生,也不是我。我没把那顶绒线帽送给他,天气很快转凉,帽檐编得很宽,常年拉在我额前,像一种眼睛总被鬈毛盖住的大狗。

在车内瞥见那顶绒线帽可怜兮兮地被忘在月台上,我心里涌起好多感觉,仿佛看到很远很远以后,也许已经看到今天。车子开始移动,漆黑的玻璃映出我的倒影,我眨了眨眼睛,倒影也眨了眨眼睛。

车停下一站,我吃力地挪动脚步,将自己跟行李再度弄下车,车厢里的男女乘客都有些不以为然。他们不知道我要做什么,他们不知道我要立刻去对面月台等回头车,不知道我要拿回那顶绒线帽。

"你会打毛线哦?"

我点头。

我没说我超喜欢打毛线的,很享受打毛线的快乐，脑袋深处很放松。单调重复的动作，就像画图和着色一样疗愈。我什么都没说，我只是一边发出"嗯嗯"声一边在车里喝着刚刚在麦当劳得来速外带的大杯可乐。

"可是你讲的这个没有什么重点啊。"阿白边开车边吃扁扁的汉堡。天气有点阴，公路一直延伸到很远的深色天空里。

另一次我跟阿白见面，是我要去宜家买书柜，阿白答应替我载书柜回家，可是他说他不帮我组装，因为男女授受不亲，他不想走进我独居的公寓，我觉得他这个原则很好，所以夸奖了他。男女之防，大也。其实我也受不了异性踏进我贷款还剩十五年才还得完的小公寓，除非这个异性是我喜欢的男人，否则我夜里睡觉时心里肯定会觉得家里都被弄脏了。

我把这话照实说了，阿白却又非常的不快，他可以嫌别人但又受不了别人嫌他，大概就是这个意思。

于是我在宜家卖场里跟他讲了我跟我前男友的故事。

第一次接吻的时候，是在我租的单间公寓里聊天，他努力不着痕迹地伸手搂着我，又因太努力而显得笨拙，有些手足无措。

欲念散发着淡淡的味道，是种好味道，这味道让我想接吻，吻或不吻只是几厘米的问题，我静静地把额头贴在他脸颊上，思考这短短的距离，他终于侧过脸来，很轻很轻地吻住我，仿佛受到催眠，我瞬间合上双眼，潜进了自己的内里，用肌肤和口腔唇舌来看，花很多时间追逐彼此的奇想。时光迟缓又漫长，我在眼皮底下看见自己的脉搏，闪过火和血特有的光热，我在他嘴里尝到一股泥土味，很野气又锐利的青草的苦。

等我重新睁开眼睛，才察觉自己一丝不挂地被他搂在怀里，他拿掉缠在我腿间的内裤，于是我像一条被捉拿上岸的鱼，贴在他身上，仿佛趴在光滑的溪石上，只能轻拍着背鳍和尾鳍，无力扑腾，我的四肢失去了行走取物的功能，重新学习如何蜷曲或蔓生，转生成昆虫的触须、蝾螈的尾巴和植物的茎蔓，他就是泥草，或海岸，或石块。

很糟的部分是，他开始讲话，讷讷说他有意避免发生这件事，他指的是接吻呢还是把我脱光呢，我默然任由他的吻落在自己的肩上，徘徊在可以做也可以不做的念头上。

"你们女生最讨人厌的地方，"阿白说，"就是都亲过嘴揉过奶脱光抱在一起了还可以不做！不舔，不摸，再把衣服全部穿好。"阿白颇有愠色。他把女生集合起来说成是"你们"，令我感到惊喜。

以一种当事者独有的义愤填膺，阿白说："我最恨对方说不要。不要就不要，我也不是乞丐，还要别人施舍。拿什么翘！"

我诚实解释，其实我考虑的不过是没保险套可用。

后来我才知道他当时身上有，只是不好意思说。

"没想到会不好意思耶。你们。"

阿白一点也不在乎我把所有男性都混合成"你们"，很快地加入"你们女人""我们男人"的话题。"你以为只有女生爱面子？男生就没有自尊？很多女性两性专家都把男生说成用下体思考,我说不要在那边三炮两炮啦,那些专家都是没人约才会这样讲。"

我噗一声笑出来,阿白的性资源理论漏洞百出,但放在他自己身上倒是很贴切适用。

"然后呢?你讲完啊。"

我们分别占据一张大躺椅,我仰头在青蛙绿的单人沙发上伸懒腰。阿白则是不断把那张米白色沙发的扶手往下调整,再往上调整,再往下调整。

我想了想,才继续说下去。

总之,当时我对他悄声说,没有保险套,他立刻离开我的身体,我顿时觉得空气好凉,好想赶紧穿上衣服。

拉过薄被稍微遮掩,我窸窸窣窣地把内裤和T恤套在身上。

已经没有车可以走了,他得留下一晚,曾经暂时消失过的手和脚,突然又重新回来,原来我的身体会跟着身上的衣物变形。他从我衣橱里找出一条毛毯,我趁机快跑到浴室,正要把门关上,转身却看见他挡在门口要拿毛巾，我的心差点就从嘴里跳出来捧在毛巾上一起递给他，刚刚才忘情舔吻过的身体，打了一个激灵，仿佛走过静电的刺激，不知道是不是口水在干燥的空气里干掉，吻痕紧拧，变成痛了。

"痛跟爽有时候根本是同一回事。"阿白评论，"痛习惯就变成爽。"

照这么说，习惯总是好的，还会越来越好？

"习惯有好有坏啊。"

我没反驳。我知道有些习惯会从你身上剥夺你，有的习惯则是让你更像自己。

"你在巴黎有习惯吗？"

在巴黎，倒没什么不习惯的事，因为是异地，别人的地，每件事都算是新的，即使丢垃圾这件事，也变成一项新的体验，把玻璃瓶掷到社区后面的绿色铁箱去回收，哗啦一声摔碎。知道会有人听见，有点复仇的快乐，因为常常也会在夜里听见这样的声响，此时仿佛回敬了一杯。

彻夜都有人在窗下的那块小空地上谈天说地，传着酒瓶抽着烟,听不懂也算好事,就当是开着收音机。我不明白的是,为什么他们相聚谈天总不厌腻,我以为是这社区穷,彼此的娱乐都比较落拓,后来听一个西安来的千金说,她住的高级区段也是,资产阶级的富裕年轻人,从夜店彼此簇拥着回家,仍是彻夜的聚众,一起喝酒抽烟,传出冗长的笑声和谈话声,这是他们最爱的娱乐,即便再正式的宴会,也不过是换上好酒食穿上好衣服,宴会质地还是如此。

就是彼此侃大山,中国北方来的爷们儿这么说。

夏天天气好的时候,大家都敞着窗,我有意无意中都看熟了,我最喜欢的一个是有个黑女人的窗,她总搂着七八岁的女儿睡一张床,早晨起来先很亲密地吻着女儿的头脸,有时也看到她斥责女儿,这种时候女儿也不哭,眼睛抬得高高的,说些傻话回嘴。睡房里铺了木头地板,除了鲜绿和浓紫色的窗帘抢眼,也就数那张铁制带栏杆的单人床了,鹅黄色被单,墙角有上了漆的桌椅,几本书、纸、笔,水壶和茶杯也有,可除此之外,空无一物。

有个安静的窗，比我的房间高出几层，仰望可以看见陌生人走近了，两个人站在窗边说些什么。光的间隙，手的动作，这是一个藏谜的窗。

还有一个好学生的窗，说是好学生，因为白天要上课，夜里又晚归，我不是常常见到他，但眼看他桌上堆叠着好多书，收拾完，过两天，又是一桌的书，到了下午，又收拾了，这反复地查阅书本，从图书馆搬运着图书，以及对着电脑荧幕眼镜上微微的反光，都是我对他最好的印象。他也有女朋友的，两人拥吻时，他毛茸茸的大腿勾起女友的裙摆，卡在女友质地光润的腰上，有点搞笑。

住一小段时间后，好像在那建立了一个完整的档案，以后想起来就只是那个独立完整的房间，比我身长更宽阔的敞窗，吱嘎吱嘎响的木制阶梯，像粉黄色卷贝般无尽地向内旋转，午后八点的明亮黄昏，四个数字组成的门锁密码……

和这个独特的样本相较，台湾的日常生活倒一件一件地有了殊异之处，台湾的鸡蛋壳特别薄，生蛋敲碎后蛋黄蛋清整包淌出来，蛋壳轻得好像仿冒之物。

我坦白地对阿白说，巴黎很好，但我不好，当时不该谈恋爱的，巴黎也待不下去了。

"你跟那个男的到底怎么样啦？"

我原本怀疑自己怎么能和他在同一张床上各自入睡，然而那夜我却感觉身体疲倦沉重，接着就像铅锤一样笔直沉入海中，酣眠在意识的底层，只微微地飘过一丝"唉呀"的感叹，接着就无力抗拒地睡着了。

隔天是个晴天，在日照充足的房间里醒来，他已经不在房里，没有任何痕迹留下来。

"他不喜欢你啦。"

阿白严肃地说。

我也相信他是不太喜欢我，即使过后我们还是做爱了，交往了，但那初吻一夜的记忆却比初次性交还深刻，我深刻记得他说了那些抗拒的话，即使我不想听。

"其实你没有很丑啦，还是有几分姿色。"

阿白后来有刻意跟我这么说过。我没有笑。他也没有。

和邮局职员约会，是阿白对神圣婚姻膜拜的仪式，和那个搞不好会结婚的女生见面吃饭，他不会叽叽歪歪说很难停车，不会叫对方自己去电影院碰面，他承认他相信对方还有处子之身，也抱着许多奇妙又离奇的想象，担忧突破处女膜的那一刻，他是否会突然浑身极乐，满室生光。

他们约会总是晚饭电影、电影晚饭反复地发生，近来好莱坞影片比较少，偶尔也看看印度歌舞片或国产片，吃过串烧、牛排、意大利面、蛋包咖喱饭等等等等。

有一天，很晚了阿白打电话给我，我半醒未醒，整个人变得很慢很慢，一句话要说很久、分成几段才能说完，自己都觉得好像醉酒似的，怎么也醒不过来。

后来就渐渐有一点醒了，阿白说，那个女生的前男友劈腿，现在回来跟她求婚了，她要嫁给别人，我说："啊？怎么……她有……她有交过男朋友吗？"

原来她根本不是处女，她只是家教太严，父母家人都以为她年届三十乏人问津。阿白抱得处女归的小小梦想就此破灭了,而且这几个月来规律的每周一次晚饭电影、电影晚饭连手都没牵过,也让他感觉自己是个专门开车、买票、付钱的车手。我比较清醒了,问,什么是车手?

"就是抢银行的时候开车在外面等的那个叫作车手。"

哎呀,什么跟什么,这又是另一个愚蠢的梦吗……我不记得谈话是怎么结束的,总之我就把电话挂断了又沉入了梦乡。

后来我们变得常常在夜里通电话。

人要是躺着讲话,声音会有点不一样,有次我问他知不知道《当哈利遇到莎莉》还是《莎莉碰上哈利》这部片,他一无所知,我大略讲了下情节给他听,他听完沉默半晌,才不太高兴、慢吞吞地说:"你是在暗示我会跟你在一起吗?"

"哼。"我冷哼,"你是车手。"

他也回哼了一声,很不屑似的。

但他也还是有一搭没一搭地跟我打电话，他又回网络上交友了，有时约女生出来吃饭。他说女儿是班上倒数第三的矮个子，只赢了两个猴子般的瘦男生，女儿有一点伤心，要靠他认真安慰。

我跟他说那次联谊认识的人最近纷纷跟我联络，想想都隔了一个夏天，现在多冷啊，大概他们试过排名在我前面的四十九个女生以后，终于绝望到来找我了。阿白说他讨厌我讲这种话，"其实又不好笑"。

哼，我这人不知有多幽默。

我们对彼此有时会很厌倦，好像多了一个讨厌的手足。

阿白说，除了他自己的一个异母姐姐之外，他没有跟其他女生讲过那么多话了，他是父母的独生子，但他父亲曾有另一段婚姻，因此他有个异母姐，异母姐姐嫁在彰化，还替他带过女儿，虽然分隔两地，但姐弟俩感情还是不错的。只是碍着阿白姐姐也有夫家跟小孩要照顾，不太可能密切来往。

"那你跟你以前的女朋友呢？你们都不讲话？"

阿白讲了很多理由来跟我解释（我觉得是跟他自己解释）他为什么跟女朋友无法亲近，但我专断地认为，一切都受性欲所限，隔着欲望几乎什么都看不见，也没办法真正认清对方，我这想法或许就和阿白的性资源理论一样偏颇。可是也都相当合理。

过完年天气渐渐温暖一些。阿白有一次跟他女朋友和我一起吃饭。这个女朋友我们在电话里叫她面面，我没想到面面会出现在眼前，感觉万分惶恐，我之前自以为是跟阿白无耻地在电话中议论分析她为什么说那句话、为什么说这句话，我对不起面面。

面面跟阿白同居后，我们就没什么机会讲电话了，阿白打算等暑假一到就把女儿接到台北，开始替她物色附近的小学，阿白还反复跟我说，对小孩讲话绝对不能没大没小。这叮咛不是白叮咛吗？论大小当然是我大、他女儿小，什么东西。

我发现自己怀孕前，还跟阿白、面面在夜市吃过一次三种冰，吃了麦角，听说是会滑胎的，但后来产检一切正常，我觉得小孩跟我都很幸运。

阿白对于我闪电结婚这件事倒很乐见其成，还说了些不得体的话，譬如"你真的很不错""你算有几分姿色"等等，但他对于我没把我跟我丈夫之间的一切坦白相告，似乎仍有些不快。

"你干吗不去打0204*？"

"现在哪有0204？而且我又不是要听什么，干，你很下流。"

"我怕讲了你会自卑。"

"干！最好是。"

"你真的会自卑。"

"屁啦。"

丈夫跟我正在阿白家附近寻觅住处，主要是他们的学区不错。想到我生了孩子还得跟车手阿白周旋，就觉得人生充满挑战。

---

* 指台湾的色情电话。

一天的收获

大楼里有六部电梯,警卫帮忙刷卡开门的时候,特别指了最后一台,说:"货梯。"其实算不上货梯,只是电梯三面都用保丽龙块和薄木板贴起来,免得运货时刮坏,他跟小李侧过身,扛着货往电梯里挤了又挤,警卫问:"不放下来?"他们根本不作声,气一散就难了,两人闷着头又稳住腿脚往里钻,这次电梯门顺利关上,终于可以上楼了。

走的时候,他注意到,社区公告栏上贴出了"社区大型垃圾弃置要点"。

小李在大道旁放他下车,幽静住宅区在石板缝里铺着卵石,标榜是日式庭园,新种上的树被削剪得很惨,不及开枝散叶就迎来了夏天,有些就此干枯,不甘就死的,羽状的新叶直接从银白色的树干上抽生出来。明亮的黄昏里,他沿着宽敞的庭园走过掺了玻璃粉的柏油路面,越过一批低矮阴暗的楼仔厝,钻进旧巷底。

这地方是年后才匆匆找到的,也住了快半年,二房东是个瘦长扁脸的年轻男人,说那间房漏水,上一个房客搬走了。加盖出来的屋房很畸零,抽水马桶跟淋浴的卫生间是铁皮盖起来的,独立在阳台一角,浴厕间装的是塑胶层板和通电的简易热水器,大概在五金大卖场买的,天冷时夜半出来拉尿很吃不消。

阳台空阔,光裸的水泥地,围墙很矮,站在边上看有些吓人,七八盆花草是老屋主种的。老屋主晨昏都来,每次晴天上工前就见到盆土已湿,枝叶剪择照料过,地上一片落叶也没有。雨天时盆栽又被搬动,藏在屋檐下,扁脸男讨厌屋主任意出入,其实阳台也没上锁,住户都上得来,他不介意,也是对这临时的住所没有多少私人感觉。

里头潦草用板壁隔间，两个住房隔着走廊，门对门，豆绿色大块的瓷砖地板，下大雨时，走廊跟他房间那道墙两边都渗水，床垫直接摆在地上，第一次浸到水就霉了。这地方哪有女人肯来。他看房时就这么想，现在也是这么想。

　　爬完五层楼到天台，在狭窄的楼梯间打开了天台的铁门，这排公寓背对着后头的排水沟和荒地，自阳台看去，天地边缘的杏色正在消融，天光走得飞快，只留一层淡淡青晕，荒僻的城市边上，缀着一两点星星，地气暖暖地蒸腾上来，晒了一整天的水泥地也滚烫地喷吐着热气。

　　他先脱了衣服鞋袜，灰蓝色的制服外套、白汗衫、粗布牛仔裤，先进淋浴间冲澡，水在水管里晒足了，一开就是温热的，开大港水*冲淋一阵，才沁凉起来。他洗头洗脸洗身躯都是一块力士香皂，头发剃得短短，短发一根根像板刷一样挺一样扎人，鬓角飞白上来，

---

* "大港"为闽南语，指很大的水注、水流。"开大港水"即开大水流。

他也不以为意，就是胯下的东西，真是麻烦，他把下头翻洗干净，那家伙也不看时机，兀自精神起来，他不理，照旧光着身子走出淋浴间。不怕人看，四邻都是灰黑水泥壁，裂痕里就是红砖，淋浴间顶上勾着一根横竹竿。扁脸男的子弹内裤和汗衫晾着不收，他则是一条大毛巾和四角裤。这里没有洗衣机，只有脱水机，洗衣不难，大桶清水倒一点洗衣粉进去踩踩搓搓算洗过，天冷的时候也去过路边的投币式洗衣店。

他先把干燥的毛巾从竿上剥下，粉尘纷纷，先擦头脸、随意在身上揾两下，毛巾一碰水，很快就稀软下来，纤维虚了。

扁脸的男人好像在又像不在，先前说是要考研究所，平日不知在做什么，他对学问是尊敬的，又觉得是很远的事，敬而远之啦。

"没考上，"扁脸的年轻人有天跟他说，"以后我要从军尢赖*了。"

---

* "尢"为注音符号，"尢赖"音同 on 1ine。从军 on 1ine，是男孩要去从军的玩笑说法。

他不是不识外国字，也有在上网，只是很多说法他不是很了解。

擦过身躯，毛巾照样晾上，回屋里开了电风扇，地上的床垫虽搬出去晒过几次，后来还是有发酵味，有点甜甜的。天擦黑了，热浪反而滚滚弥漫上来，他又走到阳台上纳凉，街边的路灯够亮，他四角裤已经穿上，身体瘦，倒都是筋肉。晚风徐徐，要是在戒烟前还能抽几根消遣，现在只能滑手机了。

他烟戒得很快，几十年老烟枪，也就不抽了。小李问他是怎么戒的，他没说是某个夜里，他吃过米粉汤站在路边抽烟，有个头发结块浑身发臭的赤脚男人走过来用手势跟他讨烟抽，他抖抖烟盒，里头就剩下两根，心想也好，一人一根抽完它。谁知那个男人把两根烟都取走了，然后放了一个十元硬币到他手里。他愣了愣，本能地掏出打火机要替对方点上，对方摇头，只是很珍惜地把两根纸烟轻拢在手里仿佛掌心藏着一只小麻雀。

他想了想便把打火机给了对方。

两根烟收十块钱未免太黑心,追加一支打火机。

后来那个晚上他有几次都已经转进便利店要买烟了,一数出手上那十块钱,便又改了想法,此后就不抽了。不知那个用十块钱跟他买烟的街友现在抽什么牌子。

他的手机是三星的,荧幕宽,好滑,他喜欢跟女生聊天,有些交友软体,只要拿起手机摇一摇就可以看到附近会员的照片,他会避开酒店小姐传播妹的档案。虽然说照片比较多比较美,但她们哎来哎去就是要撩你出来买茶而已,不光是怕麻烦或怕花钱,其实是,没有那么想。他跟老查某说,男人到了一定年纪就不必听下面的东西使唤了,现在都是 Kimochi[*] 问题,心里爽比较要紧,也可以爽比较久,他只想跟哪个女的随便讲讲话。老查某嗤笑他,既然只是讲话,男的女的又有什么差别?他想了一下说,男的没关系,但要让他以为那是个女的才可以。

---

[*] 日语单词,指心情、心绪。

老查某白了他一眼。

他很快跟一个小女生说上话，小女生感情出问题，他自愿当听众。小女生说，第一个男友爱吃醋，发现她还跟以前的干哥过夜所以分了；跟第二个男朋友暧昧的时候被他当时的女友发现，撕破脸就在脸书上对骂，后来交往不久自己又跟第三个男友陷入情网，把第二个男友伤得很深……

他已经跟不上事情的发展，只回着各种贴图。老查某传讯问他代买的酒到了，什么时候喝。跟老查某说了几句垃圾话，刚刚认真在讲感情事的女生已经又写了一大堆，他没耐性看下去，想着老查某的酒，穿上衣服就赶快骑机车去买老查某喜欢的那家卤味，绕去店里已经快八点了，真的饿了。

老查某跟他一样剃平头，纤细地穿着女式白汗衫跟窄管牛仔裤，略松皱的颈肉里闪出极细的一条金链，声线粗哑。

他常觉得老查某像是练了什么神功，不是"葵花宝典"，人家那副宝贝好好的，老查某是已经练出了精神上的一个好逼,就藏在老查某精神上的女体里。

老查某的俱乐部开在某商业大楼里,内装很像一般小酒店,有卡拉OK可以唱,几套沙发、厚帘隔间的包厢,加一个吧台,老查某以前的几任相好都是日本人,店里也以日本客人居多。时间尚早,客人还没来,店里的公关围在吧台喝啤酒打闹,看他来了纷纷笑嘻嘻地来问好,叫尧哥,老查某几下就把男孩嘘走,带他到里面的小办公室喝高粱吃卤菜。

"现在这几个真的很难管教,大粒仔还偷偷陪客人去泡温泉。我气到两天不想跟他讲话,看到他就厌。"

哪个不是这样?他把Line*上小女生的感情烦恼给老查某看,老查某看得掩嘴吃吃笑:"现在大家很open,也不用谈感情来骗身体,还是以前好,好想被骗哦,那才叫有quality有没有?好好烧干一次可以回想一辈子的那种感觉。"

老查某嘴角翘起,笑嘻嘻地抖落烟灰,手势利落

---

* 台湾最常用的一款即时通信软件。

得很美，客人慢慢来了，板壁那边传出歌声笑声，夜生活刚要开始，老查某伸长腿脚，仰头吁出一团烟雾："你跟阿芬的事情还没谈好？"

他黯然无语，自阿芬从家里搬出来以后，他没再见过她，甚至在 Line 上讲两句话也会烦起来。阿芬叫他把话讲清楚，但其实他只想拜托她，停！Stop！

但要怎么停下来？

大概人啊，生来就是败坏，刹车不住。

他跟阿芬相识以来，阿芬给他带来的感觉是从来没有过的，阿芬是他三十六岁才遇见的初恋，那时她和前夫刚分居，后来她离婚离得拖拉，又挂心前夫抢走的孩子，十年来，感情填贴出清，已然见骨。

老查某在积满的烟灰缸里熄掉烟头："要不是阿芬、我们也不会认识。"

相识之初，他追阿芬追得好热，阿芬带他到老查某的店里玩，他唱了一首老歌，老查某直说好好听哦，还跟阿芬说，这个你不要就归我啰。

往事一一浮上心头，都那么近、像昨天。他久久说不出话，想了半天，才说，不用谈了，其实阿芬心里也清楚。

老查某只是点点头，说："好久没听你唱歌了。"

他无言地喝着，途中老查某出去招呼客人，不多时他已经在沙发上睡倒了，醒来看时间过了三点，身上有条毯子。推开办公室的门，外头正热闹，坐在席间的老查某正在陪客人聊天，却仍一下子就捉住他张望的目光，远远睨他一眼。

他先跟负责管账、比较老成的那个男孩还了酒钱，其他几个男孩却不顾死活拦上来劝酒，连半醉的客人也起哄来跟他敬酒。

阿芬第一次拿掉他的孩子时，跟前夫还没正式离婚，他又心疼又惭愧，暗暗立誓要爱惜她一世，阿芬离婚后，说不想再结婚，他也同意，只是渐渐也想要孩子了。有几年他不太开心，怪自己无用，钱也没有，阿芬不打算生，他不怪她，等他发现时才知道，她又暗自拿过，还做了结扎。

吵到最后，阿芬的黑发汗湿黏在脸上，双眼斜吊，像鬼，她厉声承认她是为了前头的孩子着想，再生，要怎么对他们交代。

他吼她："我四十六岁了，四十六岁！"

十年。

想到这里他就很恨，不嫁给他，却要他乖乖做伴，不生孩子，那之前帮别人生的又算什么？他怀疑阿芬终究还是不爱自己的，可能只有那个花心的医生前夫才真正拥有过阿芬的心。

阿芬叫他不要把她当成只会生养的母猪。

我会跟母猪做吗？

阿芬努力对他好，要他把其他的可能忘了，原本就计划不生，不如就当作他们从没怀上过，但他怎么可能这么简单的、这么简单的——

他很想好好写一封信告诉她，为什么他没办法跟她过日子，可是从来都没写出来过。他在骑车、在吃饭、在街上走路的时候，在各种时候，他都会突然分心想到那封没有写出来的信，那些话就在嘴边，甚至好想抓起任何一个人大声说出来，但从来不是在他拿着笔对着桌上白纸的时候，不是在手机上摸索着注音按键的时候。然后现在，他又想把现在写到信里，因为酒意未退，因为十年前他们来过这里，他要从最初开始，从"亲爱的阿芬"，或只是从"阿芬"开始……

醉酒的客人趁醉上来搂着他，老查某拧着那人笑骂两句，又指定要他唱首歌。

他唱歌时，台下两三对临时结成的情人搂腰抱肩，这些男人还在情场奔腾，火花四溅，有一刹那，他对人生的情意也同样绵绵，甘愿配唱。

酒散了，出来时他骑得特别慢，绕些巷子蜿蜒到白天送货的那个社区，后面垃圾放置场是开放式的，从花园进去直通垃圾场，有只虎斑猫没入白花点点的茉莉树丛，天才刚亮，路上静，他脚步轻快如重回年少，在淡淡的酸臭味里巡梭。

垃圾场很有条理，分类回收，尚有价值的东西都被挑出来了，收音机、电子锅等杂物端正地摆在一起，几乎像一份家当，其中赫见一个女人头，他先是一惊，很快地认出是做发型用的假头，却又多看了一眼，女人头上绑着黄布条,用签字笔写着"退回服贸",他不禁对"她"一笑,笑得苦涩。

转了两圈,几乎有点起疑了,他才突然发现垃圾场后面的铁栅门可以拉开,往里头一看,小小的露天广场上真的堆满了大型垃圾,从旧冰箱、皮沙发到咖啡桌都有,他看中的是一套藤编的长椅,摆在阳台上乘凉多惬意,还有一张圆的玻璃茶几,小小的。正当他把看中的东西慢慢移到路边时,小李倒已经开货车来了。

小李这次把车屁股退进巷口,把他连机车、藤编椅跟茶几一起卸下,小李自己搬了一套几近全新的沙发:"有钱人不要,我们当宝。"

他扛了藤椅上楼,虽然夜里只睡了几个小时,可是心情很兴奋,天全亮了,空气里的水汽、植物气味都很新鲜,第二趟搬茶几的时候,有个女的拎着刚买的早餐走在他身后,他一身汗,瞥见那女人裸露的颈子和胳臂上也蒙着汗气。

"搬家啊?"她问。

他"嗯"一声，茶几比较沉，玻璃很厚，走到四楼要上五楼的地方，那女的收回刚掏出的钥匙，多看了他一眼："我帮你开门。"

她绕到他身前拾级而上，他脖颈抵着茶几的桌面，视线所及只是她草籽色的连身裙下一双匀称结实的小腿。

她把半掩的铁门拉开，他又"嗯"一声算道谢了，把茶几摆到藤椅前，今天屋主是把盆栽拉到日照错落的檐下，恰好点缀。女人站在门边说，"好看耶，跟外面的咖啡店一样。"

他也喜滋滋地，转开水龙头拧了破毛巾，擦起椅上的灰尘。

"都是捡来的。没人要。"

女的说："有时路边看到很好的家具，也没坏，想搬，又搬不动。"

他大起胆子打量她，不过三十出头吧，扎着马尾，浅棕肤色，笑起来还蛮可爱的。

"可以找我，我是专家啊。我是货运公司的。要搬什么,我帮你。"

"好啊,电话借一下。"

他虽是一愣,倒很快把手机递上,女人输入一串号码,拨响了自己的手机才还他,联络人已经都存好了。

"秀怡?"

"嗯,你名字呢?"

"阿尧,尧舜的尧。"

"我是第一次上来耶。"秀怡举起手机,往天空、往屋后的野地一一瞄准,按下快门。那后头他去过一次,为了捡被风吹下去的衣物,排水沟底虽也杂有可乐罐、破脚踏车,沟里的流水却意外地清澈,沟底和两旁的渠壁都生长着一层柔软丝状的水草,透过水面可看见绿绒在水流里缠卷着一颗颗莹亮的气泡,幽静地在水下闪闪生光。

"我可不可以在这边吃早餐?这里有风,又凉。"

"可是……我要洗澡。"他嗫嚅。

"啊?"

"这边。"他指着一旁的淋浴间给她看,又含糊地说,"你要吃早餐就吃,我洗澡了。"他说完,回屋里抓汗衫短裤出来,也不看她,赶紧往狭窄的浴厕间钻去。

经过一夜变得冰凉的水直接在他头上冲淋,他摸索着身体,惭愧又失望,怪自己还有二十岁的心,那么在意秀怡——这个名字真好——秀怡就在外头坐着,他却脱光了在这里,四十瓦灯泡下,他从那块缺角的圆镜里看见自己稍带浮肿的脸皮,轻声咒骂,谁看得上这张老脸?他撇开杂念,落力洗完澡,身上水渍就用刚脱下的外衣擦干,穿上短裤汗衫,下面的东西很安分,跟他的心跑向两个不同的方向。他听着自己的血液回流,果断开了门,搓红的皮肤迎着风,毛孔收缩,身上很凉,脸上却又是辣辣的。

秀怡就窝在那把长藤椅的一角,就着茶几吃她的饭团,专心调弄着手机,嘴里一嚼一嚼的,几乎像个在路旁等车的学生,不相干的样子。

他心里不知哪里松弛了下来:"我进去了,你随意。"

"好……"

她把"好"字拖长了,也像个漫不经心的学生。

回到房里,被熟悉的淡淡甜味包围,他把待洗的衣物扔进洗衣篓,拉开电风扇,脱去上衣,就穿着一条四角裤枕在自己的手臂上,闭上眼,没开灯的房间,只有不时飘动的窗帘掀着一波一波光影,眼皮里暗的亮的光,浪潮似的起落。

他心里照例浮起那封一直想写却没写成的信,乖乖地又从信的开头重新思量。

> 阿芬:我不怪你,真的。我已经释怀了。我们之间,一开始就注定没结果。幸好我们没结婚,也没孩子。留在你家的东西,全部随你处置,我们也不必再见面了。你要好好过。阿尧。

真正落入梦乡前,信就写完了,这是第一次,他真的该睡了。

阿焕

"你先想想,先想想再说。"

有人一再提醒阿焕,要好好想想。其实阿焕不习惯想什么,很多时候只是一些微小的琐事从心上浮起。

四顾虚空,回过神阿焕才发现自己还在这里。

他刚吃过一顿,米饭味道淡淡的,那温暾的滋味竟强过其他配菜,在他嘴里残留着。

"想一想,再想清楚点。"

回忆很轻,飞来落在后颈上。

车厢里,日本太太们压抑着兴奋,急促地交换意见，笑声里有一点紧张感。本地人的话说得大声，微有醉意，金发蓝眼的背包客夫妇让孩子都背好小包、穿好外套，像一组过家家的娃娃。满脸雀斑的欧洲女人似乎自出生就包裹在剪裁合身的套装里，温柔大眼只盯着平板电脑。

阿焕没从玻璃反影里认出自己，直到电车离站、雪后的大太阳照亮车厢。

念书时，人人认得阿焕，他左眼上绕着块巴掌大的鲜红色斑，形似猪肝，家里还特别穷。

阿焕每年都领清寒奖助金，中午吃的营养午餐，他只有初一上跟高二下这两个学期没排进那张免费名单里。

一年总有好几次，校内的清寒学生会被不同的名目组织起来，被送去听音乐会、吃大餐、看免费电影。免不了有西装闪出缎纹的男人、腰身窈窕如少女的太太伸手抚开他的头发，让整片色斑露出来，他的脸孔那样醒目。有时一个孤儿院女孩会抢去焦点，她得了色素增生症，雪白的小脸上满是黑痣，一看到那星图般的黑痣，阿焕就手脚发冷，她是阿焕活生生的噩梦，怕脸上的红斑也分裂繁殖，群生群聚。

"还不让个位置给主任。"有个男人用非常标准的普通话在他耳边催促，又嘴角含笑地用主播口吻说："主任快来这里给我们压阵，记者都在等。"

过后，干巴巴地指挥跟他一样文雅整洁的男人："X议员的助理也来了，把Y议员的助理带旁边一点。"穿着黄色助选背心的年轻男人跟某主任满面笑容挤入前排。阿焕认得所有议员的名字和脸孔，每年他都蹲坐在父亲开的板车上，沿街去拆"选举"季节的布条和旗杆回来卖钱。

活动完老师又送大家回去，只送到巷口。

"老师再见。"

"回家小心。"

沿路的低矮房子，也不是只有平房，但开了门就是一窟窿黑，修五金的敞着家门，坐在小台灯底下，在两个膝盖间做手艺，脏污的脚趾踏紧几只螺丝钉，嘴上报着一只螺帽，身后是垛满的半屋杂物，旧电扇、笨重收音机、脚踏车的后轮，通往二楼的阶梯只是水泥抹就，急遽倾斜，消失在低矮的天花板里。

这里生活条件差，倒没人比阿焕穷。同学里也有跟他同一个区长大的，比如最要好的陆斗。陆斗家里小孩多，食指浩繁。两人要好起来，大概是在小学中年级一起排队上学的时候，因应失踪儿童问题，学校规定上下学要排路队，要点名集合，不过也是三分钟热度，很快不了了之。至今，阿焕看寻人海报都隐约在找一个谁，也许是找自己，一九八三年失踪的孩子，若仍在世，已经四十多岁。

陆斗本来就跟阿焕同班，他成绩好，不太说话，备受师长夸奖。这是件怪事，为什么一个安静的小孩会受到那么多奖誉？陆斗大约早早想通了这个问题，于是一路受周围的夸赞长大，不跑不跳不吵不闹。至于阿焕，他脸上的红斑与褴褛的校服这么碍眼（教师聚在走廊，有人侃侃而谈：总之观感很不好、很不舒服，让他离别的小朋友远一点。）

阿焕也安静，是种假死状态，能憋就憋着。

陆斗跟阿焕说的话其实也没什么重要的，一天排路队时，突然想起来似的："昨天下午，卖爆米香的人来了。"

卖爆米香的是个重要的人。阿焕很放在心上。过了很久，才说，"好像会再来的。"

陆斗点头，两人达成了共识。

（他们导师在陆斗的周记上写：主动关心学习有困难的同学，是件好事，但还要小心别染上坏习惯。阿焕的周记上没别的，只画了红圈。）

阿焕家没有电视，陆斗每周都给他讲星期天晚上的《天龙八部》演了多少情节，阿焕一边听一边纠正，他在租书店的店头站着看过金庸的《天龙八部》，书不坐下来读就不必给钱，一本拆成好几个小册，用厚纸板装订起来，看一本三块。不管阿焕怎么纠正，陆斗有段日子都以为《鹿鼎记》里的双儿是对双胞胎。过了四十岁在候诊室等着检查前列腺时才看了《射雕英雄传》，过后急着把找得到的金庸小说都看完，左右两眼突然都近视了，陆斗脸书的个人头像是老婆跟两个孩子的合照，发文很掉书袋，说，老之将至（而前列腺肥大非常）。阿焕给他按赞。

做完功课两人就在路边玩厚纸板剪成的象棋（棋盘画在一个拆开的纸盒背面），陆斗的大弟在旁鬼叫，他虽也上了一年的学，却好像还不大识字，几度在棋盘边张望，分心去吐口水淹蚂蚁，回来眼巴巴问阿焕："你看过死人吗？"

"没有。"

他又用手指圈着自己的眼睛问："你那个，是不是阴阳眼？"

安静的陆斗便一巴掌把他弟扇倒在地上。

阿焕家在社区最底，跟殡仪馆只隔着一条大排水沟，水沟两旁细细长出花草，隔着水流参差绵延，像场漫无边际的对话，直至沟水泻入暗渠，野草突然连成一片。

在东大门批货时，落雪了，他仰头在错落的招牌铁架间看见积云掩盖的天空，雪是哪里来的？极目而望，只有雪与雪的间隙，墨色的积云。

东大门商场里，每一道铁卷门后头，都是顶到天花板、塞在厚塑胶袋里的衣物，从工厂里一捆一捆被送来，大供应商不愿为了区区一点收入把货拆开，小盘商放货便宜，但东西不出色，类似的印花衣裙，若是拼接处齐整、藏好折口的，可以往上翻两倍价。

走熟了，人人认得阿焕，或者说，认得那块胎记。他们叫他"布温打"，末尾的那个打字，有些女人会轻咬着不放，咬过一阵，才放出那个弹跳的尾音。

都是些好女人。

可惜她们不会摊上他，摊上他的，他又捉不住。

这天批好的货暂时放在一个姓安的人家，姓安的叫人开车兜他往汉江，在旧仓库暂住几天，下车后走一段坡道起伏的路，积雪已经被铲到道路两边，行人落脚踏成的水洼结冻后，不再透明。

阿焕把地址收在衣袋里，打算等碰到面店或小饭馆再问路，他不冷，走得一头汗气升腾，趁着路上送外卖的老头迎面骑车而来，阿焕拦下他，请对方认纸条上的字迹。

"六号番地。很近。"

送外卖的不讲汉语，却在外送单上给他秀了一笔精彩的汉字，附简图。

老安跟他提过，旧仓库已借住了一个老友，没说是谁，太阳很快落到地平线边缘，街灯都亮了，他终于在天黑前找到旧仓库所在，一个高壮男人来应门，白肤黑髭，典型的韩国人，他结结巴巴英韩混杂地说明来意，对方却摸着唇边的胡髭说：

"知道了，你是台湾人吧？我也是。我姓元。"

元的手机响了，iPhone Plus 在他的掌上只是个小玩意儿。他一边讲英语一边对阿焕示意："老安打来的。"老安是阿焕在澳洲的二房东，阿焕找事时，有两个选择：屠宰场打下手的杂工，洗衣厂打下手的杂工。他选了熨衣服，轮三班。古旧的大蒸汽熨斗缠着管线，拉下来哧拉一声，接着呼呼大响，起初他下了工也听见脱水机旋转的噪声，是直升机要起飞了的邦德电影，但直升机只是欲飞不飞，在基地上空盘旋。耳鸣到疼痛，后来不知是好了还是习惯了，站着操作机器，腿上青筋很快纠扎成团，他不高不矮不胖，腿却特别瘦，血管浮凸，他的爸爸也是，腿脚很弱。

老安在做一切想得到、想不到的生意，他给阿焕弄来不用钱的手机、盗版无码DVD、能同时电击跟播放音乐的防身器。阿焕没想要，可老安持续提供，最后老安还要提供他的外甥女云嫩给阿焕做老婆，保证在室，阿焕羞怯焦灼，在夜里偷偷猜想比自己大上几岁、五官扁平如一只白袜的云嫩。

等云嫩的处女肚子在众人眼前慎重而庄严地隆起时，孩子都快足月了。老安与安大姐仿佛遭人毒哑，想不出该怎么办才好。某个星期天早上，云嫩挺着大肚收拾了行李，一个满脸雀斑、下颚壮实的蓝眼女人开车来接她走。那张脸仿佛关上的门，拧不出什么情绪，冰蓝眼睛定定的。洋女人把云嫩的行李接过去、送入后车厢，才正眼看着一脸惘惘的云嫩。两人像是被彼此目光催眠般上前轻轻拥抱，白女人在云嫩的腰上托了一把，让她安稳坐进车里，驾驶座上的白女人仍紧绷着下颚，云嫩的侧脸却是很恬静的，像是幸福。

后来两个老人攀着门只顾讲高丽话，云嫩的妹妹们闭门不出,阿焕隔着地下室的角窗看着这一切动静,生命在角窗外,与他无关。

(他在屋里哭完了一个难得的假日。)

元大手一拍,原来他们两人同年,元是小留学生,小学毕业就被送到悉尼,念大学时常常跟老安买大麻和各种稀奇古怪的东西,包括一台专门冷藏泡菜的冰箱,泡菜是云嫩与妹妹们亲手炮制的。

"你在悉尼干吗?"

"洗衣服。"

元哈哈大笑,阿焕对他的反应感到不好意思,也有些快乐。到埠那天,天还没黑,他已经住进了老安的地下室,不可思议,都安顿好了,洗衣厂的住址也在手上,隔日上工,老安给他安排的。那天吃的热狗面包,黄绿色的芥末酱还呛在鼻子眼里,地下室的角窗比外头的路面略高,可清楚看到对街的比萨店,收音机播的歌曲反复地唱,"纽约,纽约"。后来住久了,厌烦街上的车声人声传到地下室,把角窗关了,听起来也仍是永远嗡嗡闹闹，夹着音乐声。

老安开杂货店，接了一支亚洲的契约电话，基本上开放给所有亚洲学生打免费电话，一天到晚都有人在排队打电话。远东都有。

打工群中口耳相传，说某公园有某树，树下能收到Wi-Fi，阿焕抱着出国前才买的笔电去了。碧草如茵，那株大树独自占据起落平缓的小丘，别无对手，枝叶舒展如云霭，树下三三两两都是在膝上操作笔电的东方年轻人，阿焕找了个地方坐下，电脑已经自动联网，连线状态，良好。

过了半年老安在店里也弄了Wi-Fi，地下室关起门收不到，若打开门把笔电搁在阶梯上联网倒是很不错。阿焕就没再去树下联网了。

后来好莱坞拍了《阿凡达》，阿焕常想起那株大树：连线状态，良好。

洗衣厂外是个巨型平面停车场，几百辆汽车沐浴在斜阳下，闪闪发光。厂里同样来打工的台湾大学生，赚了钱就买机票去跳伞、潜水，也有人去当地的赌场开眼界，还有被代办公司骗的，几个男女学生只能住拖车屋，或住很糟的汽车旅馆。阿焕默默旁观他们的各种纠葛：情感发展、谣言妒恨、反目撕破脸。连这个他也羡慕，却因为自己年纪大了几岁，学历低，不好看，所以他下班还是回地下室洗自己的衣服，少交际少花钱。他打定主意，存了钱，回台湾要做生意，要当老板。

"当老板是你的梦，不是吗？"打工度假的台湾学生彼此约定要讲英文，于是在工厂闲聊时大家就字斟句酌，讲正确的英文，不要急起来光是一直喷单字。

"是的，我的梦就是当老板。开一家店。"大家一直笑。

"英文不是说开店，是跑，跑一家店。"

"跑一家店。"阿焕沉浸在自己跑一家店的想法里。

其实他的梦不是这样，他的梦更近于梦。

殡仪馆的灰墙在他家后头被一道铁丝网截断，粗铁丝挽成一个个勾紧的五角形空洞，空洞连着空洞，铁丝在网缘上拧紧、削尖，缠出戳刺的箭镞。望着屋后的排水沟与铁网，阿焕就做白日梦，看见自己怎么一跳，跳过了大排水沟，稳稳攀住了铁网，轻巧地在网上行走，在相连的建筑物上纵身奔跑，一跃就踏着了矗立的长烟囱，在这幻象里，他一路翻滚前行，往上往上。媲美超级玛丽永远往右走跳的城市切面，他拥有的是殡仪馆的天际线。

天气好时，焚人场的长烟囱冒出来的烟是青绿色，衬着无云的天特别好看，阴雨天里，成了白烟，在雨中，一蓬蓬全是蒸汽。

这就是他的梦。

此外，他只是苦等自己长大起来。

初中音乐老师带他去教会拿教众捐出的旧衣服、旧课本，周末去教会学英语，阿焕喜欢书，拿了小册圣经，庙口的善书他也拿，有些轮回果报的见证和故事，奸行受惩，还说男女淫合时会有野鬼围观，看得阿焕的小鸡鸡都硬硬的。

阿嬷卖完玉兰花就在路上摆个烂果摊，东西烂，是早市剩料，跟熟识的人讨来的。阿嬷坐在昏暗中读折成方块的《大家乐》期刊,阿焕专看铺在果笼底下的旧报纸,特别是分类广告栏,征人、招租、卖色情录影带,他贪看这些不正经又带着潮湿诱惑的古怪讯息,却从不和其他男生玩阿鲁巴、摸鸟毛、吓女生的游戏,他这样穷、这样惹眼,还敢不正经,还敢放肆吗?

"我一生都在努力学坏,想加入帮派,"元说,"念书的时候,七年级有一个上海帮,排挤我,不让我学他们讲上海话,我一开口就有人要打我。然后,广东仔又讨厌我,我长这么高都没用,我带一把沙西米刀、那么长,藏在皮带里要去帮大哥干架,操,才没走两步,那刀就呲一声从我牛仔裤里戳出来。"

他们两住在旧仓库的警卫室,睡在地炕上,很暖,隔天他去批完货,元已经端坐在安家等他来,准备带他去吃部队火锅、喝烧酒。

中风后的老安并没有病容,仍跟以前一样,精瘦的脸上一双放光的眼睛,英语在他嘴里是带太多骨头的肉,很有滋味的肉,连骨咬嚼。"外面的雪这么大,可恨媳妇什么菜也不会做,只好让你们自己出去吃饭了。"他说得那么讲究,仿佛从嘴里剔出肉骨。他非常美艳的媳妇是个公务员,冰冷地瞥了他们一眼。老安梦想回国养老,做衣锦荣归的父亲。返韩却要在儿子媳妇家寄人篱下,他赌气独居在旧仓库的警卫室,中风后才被迫搬去跟儿子同住。

吃了火锅,夜就深了,又转到有塑胶布篷遮断冷空气的路边摊,叫了烤肥肠和麻油紫菜饭卷。

元说:"我一生只会玩,几十年下来,除了玩什么都不会。"

虽是超过一米九的大汉,元走在首尔街头倒也不突兀,他哆着巨掌把"表面张力"那么满的酒杯往唇边送,满口英语。阿焕有点怯,元那么招摇,在醉汉多的地方,难保不会出事,担忧一阵,就醉了。

"我心脏有支架,有钱买不到健康。也没有女人啦。在悉尼我算什么,我哪比得上开保时捷上学的华人同学。后来爸妈又花了大钱送我去纽约,想要我也混出个什么名堂,可是在纽约,我好迷好迷网络游戏,几千个小时都在线上。啊,我就是废啦。"

认识元,这趟路有意思多了。

回台北,阿焕交货拿了货款,等车时无意识地抠着行李箱粘贴又撕去的好多托运贴纸,几个喊喳不已的年轻女孩,都穿着色彩缤纷的内搭裤、韩版长大衣,嬉笑自拍着,其中一个瞄见他,戒备地转开脸去,那眼神让他心灰意冷。

进家门时,他弯身低头,身体都习惯了。

阿焕全部财产都在屋角,买来的床(不是捡来的),床下有大小几口行李箱。连抽水马桶和淋浴间都是他一边打零工一边请师傅来做的。

高中毕业前他自己的家当就是屋角卡着的一张木头书桌,桌上紧凑地叠着他的教科书和字典,墙上贴着他在课堂上画的图画跟他在各种杂志里剪下来的各地地图,抽屉里有他的制服、内裤、袜子。每天晚上他钻进桌子底下,摊开陈年棉被,睡在粗磨过的水泥地上。

除了这一角落，屋里的其他地方都积满了各色破烂，故障的家电、破烂的脚踏车，一直堆到天花板。阿焕要扔，阿嬷就跟他拼命。阿嬷的房子更像个黑洞，不透光，半人高的竹藤老式眠床，底下是一捆捆纸箱，窗上镶的雾绿色厚玻璃有锐角的裂痕，缺口用旧报纸糊住了，报纸更旧发黄以后，便再糊上一层，最后窗玻璃全没入过期新闻的断层。墙上锤进一根铁钉，勾着个灯泡。

直到高一，这房里还躺着他父亲，他父亲清早开铁板车出门收破烂，被人撞坏了身体。之后他父亲的脸孔就极速地衰萎下来，皮色变得酱黑，应该鼓起的都凹陷了，午休时间阿焕得回家给他喂饭，放学后再回家照料。

天气好时，他烧水给父亲擦个澡。瓦斯桶跟水龙头都在后院，正对着排水沟，看得到几组死者家属手持线香在场里跟着道士绕圈，有些则是跟着诵经的和尚，几组家属这里来那里去，风常常把线香的气味输送过来。

亲生骨肉，是说子嗣，但在替父亲擦澡时，他想的也是这四个字，父亲的筋肉松苒苒地将就在皮骨之间，身架子蜷缩，比较短的左脚往内卷，柔软如肉须摇曳的海底生物。

父亲与母亲在什么样的接触下，他突然成形了。

不会是那闪着淡紫色光泽、只会放尿的黝黑性器，一定是这条畸形的腿、歪缩的脚丫，洗沐时变得透明，擦干后缩小一些。

除了擦澡，喂饭外，还要背父亲去公共厕所。

三年后父亲就死了。

父亲死时他已完全进入青春期，不觉腋下和老二上的毛都长齐了。整片遗失的童年如荒原，完整又坚实，暗藏了风里的气味，日子细密、针脚下紧，仿佛有天会自动开口说话、歌唱、走动起来。

同样卖玉兰花的几个阿婆来助念一昼夜，剪来白麻布在家里开了灵堂，之后送到殡仪馆焚化，屋里扛出薄棺上了灵车，从巷子驶出，大大绕了一圈才进殡仪馆正门。他特地去排水沟的对岸看自己的家，他看到自己抽了第一支烟，夏天在后院洗澡，对着幽暗无人的卣㞑打手枪，朝着排水沟放尿。

童年残生于对岸的陆块，他羞于逼视，仰头乱看，说不准父亲是化成了哪道青烟。

骨灰寄存在小庙里，阿嬷认为极为妥帖，又回到街头卖花，她性格暴烈，黑瘦面孔埋藏在口罩头巾底下，只露出老迈混浊的双眼，嘟嚷着阻住过往行人，手中装满玉兰花的塑胶盘直抵到对方胸前，更似随机勒索，讨得生涯。年轻时几度与男人打架，打断鼻骨小指骨，前后几个男人都跑了。她动辄暴打孩子，三个孩子（包括一个养女）只有阿焕父亲留下，他脚上有点残疾，小学没毕业就帮着卖口香糖，后来去下港做学徒，回来时，怀着阿焕的年轻女人跟他一起回来，阿嬷照样虐待她，她生下阿焕就走了。现在阿嬷暴跳摔打的能耐还在，那张嘴更厉害。太恶毒又喝太多米酒，她从来不信阿焕是"跛脚人"的骨肉，认定是那女人赖上了，为了摆脱腹里的孽种，生了就跑。

阿焕父子不理会她，父亲身体还好的时候，阿焕从不正眼看阿嬷，也不让阿嬷看见自己的脸。

把清空的行李箱推回床底,心跳一下,才想起出发当天,阿嬷又跟他要钱,他没给,阿嬷气到噼呸踩。

从悉尼回台北时,台北已经红过蛋挞,红过牛角面包,阿焕也想投资点什么,想有个自己的店面,可惜搞了两年,什么都不成气候,阿嬷照常卖玉兰花喝米酒赌四色牌,阿焕拿最后一点钱在三重街市上盘下半坪*大的手机店,最后也是顶让赔还店租,像一盘败棋。

"我一生人失败,连狗都不敢养。"本来以为这话会伤到自己,没想到讲出口以后反而松了口气,元一面点烟一面点头,说他也是。

元的老家在台北旧东区,静巷里满是年轻人开的文青小店,阿焕跟着元在巷里找到一家情调清冷、桌椅不成对,活似谁家后院的茶馆。

"我爸过世了,我哥结婚生子,我就专陪老妈过

---

*　一坪约合 3.3 平方米。

日子，偶尔就出国到处晃一下。"

元拿的是澳洲护照，没当兵，三十六岁那年心脏病发作，他本在一个洋行做威士忌业务，就不做了，照常还是往夜店酒店跑，其实他生来还真没缺过钱，工作只是因为喜欢有张名片。

"女朋友有过啊，在奇摩交友碰上的，一直聊一直聊，后来约见面发现跟照片上相去不远，家里还比我家有钱，就是真的太爱喝酒了，屋里都是酒瓶，还说要买车叫我开车载她环岛游。这样，只来往几个月就没下文了。"

元最推荐的是花钱买，订好一点的房间，叫干净的女生来做，玩下来花不到一万块，每个月一次，很合理。阿焕不知合理在哪儿。

"你处男哦？"

"有做过啦！"阿焕哭笑不得，两个光棍，谈到此事兴奋起来不输初中生。高中刚毕业他去考了货车驾照开货车，一边开一边等当兵，很快就被几个年长同事带去宝斗里破身了，对方看他不会，教他躺着不要动就好，他忍着不动，却忍不住自己的粗重鼻息。

他当然知道怎样让自己爽到，靠自己的右手、左手，要摸弄哪里他早就知道了，自己的鸟他摸得一清二楚。当兵时有个早秋[*]的小流氓，夸言从不自摸，要干就要真干，就算摸也要女的来摸。他不以为然，他二十出头时，就睡过几个女的了，却认为还是自己做是最爽的。

跟女人，那叫没办法，是为了填饱那股饿，心里那份痒。女人的气味，叫他心头撩搔，年轻时硬邦邦站都站不直。他还很早就知道了，小弟弟立正敬礼的对象，他做不了主。

澳洲 SPA 店都是亚洲妹，按摩完会问客人要不要来一个"Happy Ending"，工作正正经经有牌照还缴税的，阿焕怕她们，怕泰缅女孩身上那种跟东南亚塑像一样、拧紧的腰线，怕韩国女人白净的脸皮、相

---

[*] "秋"为闽南语的拟音，本指雄性动物已发育成熟，后引申为富有雄风。"早秋"即比别人更早发育，更有雄风。

距甚远的双眼,还怕碰上说中文的美眉——他不敢深究,反正,他哪来的钱。

"我哪来的钱。"

"可是值得,很值得。对身心健康,啧啧啧,太好了。"

"三八。"

"不然你去哪儿?"

阿焕给他说了宝斗里的笑话,买春上娼家,应门的是个发色半灰白的大妈,心生拒意:"啊,等一下是你来做哦?"

"三八!我有岁了啦。"大妈嗔怪。把男客引入内室,在里头等了一阵,等来一个鸡皮鹤发的阿桑。

"换人换人!"

"那只能换一次哦。"

"好啦。"

结果是刚刚开门的那个大妈进来了。

阿焕说到这里笑起来,奇怪,他其实没什么朋友,当兵时的学长也散光了,跟元才刚刚相识,讲了不少话。

"这是哪一天的事？"问话的人把桌边的上翻日历笔记本推过来，让他选一个日子。

阿焕把目光移到日历上，上头有以原子笔一挥而就的蓝色字迹，潦草到无法辨认，阿焕随手往前翻找，一月十七日，出发日，记得住，倒是回桃园机场的日子，是哪天？元找他见面，他很惊讶，心里早已把元随口说要见面的邀约当作客套话了。

最后，阿焕圈出二月五日，年节前的时段，街上特别清冷。对方把行事历挪到眼前，把日期用笔记下来。

阿焕饿了，有点坐不住，左右挪动屁股，那是一把老旧脆弱的木椅，椅垫曾是鹅黄色，现在是淡灰色："几点了？哪里可以吃饭？"

对方看他一眼，手里的笔没停下来："再把刚刚的事讲一次，就可以吃饭了。"

"刚刚的事？"

阿焕一饿起来竟没办法忍耐，心思紊乱。

"你怎么发现你阿嬷的？"

阿焕没说话，饥肠辘辘，上一餐的便当，也是在某个室内,一样的日光灯管下吃的。

"为什么在行李箱里?"问话的人看来没有倦意,也没有饥饿感。

屋里的味道本来就难闻,行李箱打开就更刺鼻了。阿嬷在那口行李箱里直挺挺没动,从十多层报纸里露出来的脸孔,看起来也是好端端的,手脚似一团枯柴,放火烧了应该会直上青天吧?

"我想赶快让她火化。"

"你阿嬷怎么死的?"

"不知道。"阿焕老老实实,却也迷迷糊糊地回答。

"姓元的有没有可能知道这件事?"

阿焕茫然:"我一生人失败,不要连累别人了。"

屋里杂物囤积,看不出少了什么,阿嬷的存折印章原本就不知道在哪儿,查了邮局账户,里头的十几万早已被提领一空。空跑了好几处,阿嬷的死亡证明发下来,终于可以火化。

卖玉兰花的那群婆仔都来助念,阿焕只忙着买面线、豆花、叫便当,守夜时请些烟酒。火化后也是请进小庙，得给爸爸烧点纸钱，请他担待。

新闻纸一角："囤积症重，卖玉兰花阿嬷遭杀害，孙开行李箱才知情。"

阿嬷失踪，同住的孙子不去找，直到打开行李箱才发现尸身，检方总疑心阿焕，或是他亲自动手，或是他找了共犯杀人、自己躲到韩国，难免将他拘留起来，要他好好想一想。

其实阿焕真的想起好多，讲倒讲得少一点。

元不愧世家出身，律师陪着，来给检察官说明两人结识经过，交代行踪。过后还包了三万块白包来，阿焕很窘迫不肯接下。

元劝他："其实，几万块是很值得的。看你怎么花而已。"

从焚人场领出来的陶罐还有余温，吃过几天牢饭的阿焕，看着家的方向。

——写于二〇一五年一月至四月

Time to Next Life

早晨的通勤时间,家好总是把自己收藏得很好,左手捉住吊环,皮包挟在胁下,鼻息细细,免得喷到别人的后颈。满车的男女衣着俨然,面目却极少是有精神的,多数人闭目养神,耳里塞着耳机。

她不介意自己跟谁紧挨着、抵着谁的雨伞和大腿,只是低下头,将手机握在小腹上方那仅容一拳的凹处,一头栽入糖果的世界。

与其在电车上屏息挨过三十七分钟,倒不如把握时间把糖果方块里的五条命好好用完。系统每三十分钟补一条命,五条命用完,她就进手机里修改时间补命，于是时光一直向前推演，她偷取的时间那么漫长，到时人类的文明演化都要终结了。

有时历经几次超炫的糖果大爆炸，精彩又离奇，以为这次就要过关了，谁知步数用罄，游戏说结束就结束。游戏卡关太久，倒有点眷恋，赔上无数的时间，都记得这边有执拗顽固的增生巧克力，这边有位置孤拐怎么都清除不了的果冻，破了关，心里还有些可惜，夜里闭上眼睛，只看见缤纷的方块。

她在美语补习班做行政工作，常接到投诉要退费什么的，今天也是找收费的单据找了很久还没凑齐，不知怎么呈报。有人会把自己业务上的纰漏隐瞒下来，客诉不往上报，业绩安全无事，但那是老资格的职员才有本事互相掩护，家好来公司不到半年，打不进那些在公司待了五年、十年的老人圈子。

说是老人，家好没比她们年轻多少。

她刚满三十，毕业后绕了一大圈，最后才来到这里。一早出门，在路边买份早餐，中午吃便当，下班后就在公司附近找地方坐一下，在咖啡厅吃简餐也好、在美食街吃饭也好,只要开着"糖果方块",对周遭听而不闻就好。有时看看隔壁桌的客人,也都正在手机上看球赛、看电影、看韩剧呢。

挨到晚上九点,回到家洗个澡就可以睡了,已退休的爸妈把生活重心放在一岁大的侄儿身上,都睡得早。嫂嫂怀着第二胎还照常上班,家好以为自己在外头解决一切是腾出空间给家人,嫂嫂却认为家好是吝于帮忙照看孩子。

家好没留意到嫂嫂日益尖锐的态度,自从和论及婚嫁的男友分手以来,横亘眼前的未来混沌不堪,现在却是太长久了,琐碎却空阔,一点也看不出端倪,而过去的呢?过去就像从指缝漏下的沙,正在淹没她的双脚,害她能活动的空间变得越来越少。

只有糖果方块,永远保鲜的糕点,没有时间感,吃不得,坏不了。

她是在婚纱公司试礼服的时候决定退婚的,有人传了赤身男女交缠的照片到她的手机里,要不是被婚纱里的钢圈和层层衣料箍着,她肯定会当场软倒。

只玩了几场"糖果方块"就到站了,时间的通过仿佛没入虚空。从车站出来,家妤没注意到有人骑机车跟在后头。

她从没搬过家,地方上的变动只是:初中时火车站改闸,大学毕业后高铁通车。也许这是她第一万次走在回家的路上,穿过喜饼街,接着是婚纱街——她就是在其中某家店里突然脸色发青,跌绊着困在廉价的出租婚纱里,像只失明的苍蝇四处扑撞,空气化成黏液困住她的身躯,她划动四肢,多么多么奋力。

"林小姐、林小姐!"店员惊慌地在旁大喊。只跟她谈过几次话的店员搞错人了,她不姓林,听在耳里更有恐怖感。旁人以为她癫痫发作,找了一把汤匙硬要放到她嘴里免得咬伤舌头,没有成功。事实上,她是暂时失明了几分钟。

事发后,她仍是持续地经过这个街区,也免不了跟婚纱店的店员打过照面吧。但,一切都过去了,都变成那些在她四周凝结不去的东西。

现在,家妤对街上零星的路人已能视而不见,脑海里只有方块的组合慢慢浮出,挤压掉婚纱店里的回忆。在一个刚刚浮起、另一个又消泡而去的念头里,糖果方块从最底下开始、淹没所有过往,星罗棋布的缤纷糖果倏忽而来,糖果方块是她的好帮手,在糖果的世界里一切都好简单,她不再编什么故事给自己发梦,只是允许糖果一个个从视野里浮出。

可是,绿色糖块一副穷酸样,一不小心就觉得好可怜哦,是博取同情的东西。紫色糖块,华丽,危险,说谎的女人。鹅黄色的糖块,初生小鸡一样可爱,天真无辜却又叫人怒火陡生。蓝色糖块,虚伪,睁眼说瞎话,厉鬼的舌头。热狗状的红色糖块,矮额,有一点色色的是不是?要尝尝吗?

把这一切都组合、电击、消除掉就好了,就安心了。好棒。

突然,她感觉自己往上、往前,弹跳了一下。

接着重重摔在地上,右胁里崩裂似的剧痛,肩上的包包已经被疾驰而去的骑车男人拉走,嘴里尝到一股铁腥味。

她听见小小的"咯噔"一声。

有种失重的感觉,现在不痛了,不,应该说,她什么感觉也没有。

转出暗巷就到家了,倒在水沟旁也不是办法,头朝下不听不看是不行的……

四周静得很,她除了拜托自己赶快爬起来以外,只能在原地发愣。

不知是谁先发现的,四周慢慢有人聚集过来,救护车开不进巷子,有人搬来担架……好像做梦一样哦,她看着自己被抬进救护车,还有,哦,她爸爸跋着蓝白拖鞋、手机贴在耳上慌慌张张地跑来了。

真是一个怪梦,地上的血迹还在,天亮后看起来像暗色的污泥。

她好像该去上班才对,可是,天又黑了。

是不是死了才这样?

晚上很暗,夜里两个警察在暗巷来回走了一趟,调整监视摄影器材,却对她视而不见。她想移动到有路灯的地方,结果走到灯杆上去了。

这样不太好，要想个办法下来……但天又亮了，不知为什么时间跳跃着往前，她的意识时断时续。

以前也想过要死，十几岁在课堂上被老师当面辱骂"猪！不如去死！"的时候，真想死，死了就变成鬼去老师家作祟好了。每天醒来，想到得去上学就直挺挺躺在枕上流泪，被父母逼着出门，走在路上只觉满路都是浓雾，上课时也什么都听不见，畏缩地躲在后头战战兢兢学别人翻开课本，别人做什么就做什么，反正自己的存在就是多余，只会招致更多羞辱。她偷偷在心里编织各种死的故事，爱读的言情小说成了她的养分，复仇的鬼，绝美的鬼，多次转生穿越时空的吸血鬼，起先是真的死意坚决，后来却因为被羞辱的次数太多而渐渐麻木了。

畏惧着别人的眼色，藏起一张张不及格的考卷，越考越差，她都不知道自己究竟为什么非得在纸上涂写了，同龄的小孩赶羊一样被赶到一起，然后被发给纸张："注意时间，开始作答！"

恶心感催促她抓起2B铅笔，冷汗涔涔，光为了要深呼吸，就把全身力气都用光了。

当年的日记上笔画粗大稚拙的"死"字排列满篇，偶然翻起都觉得陌生又讶异，好像撞见另一个自己，死之少女。

另一次，是那场发狂的嫉妒。

二十岁的时候，她还在大学生活里乍惊乍喜，谁知一起迷恋穿越小说、一起追看韩剧的朋友，在网上发表幻想作品，不知不觉拥有大量网民支持，不但开始出书，还相当热销。

突然发现朋友成了当红作家，她嫉妒欲死。

啊，对方有的她都有啊！她反复在心里把两人一一比较，朋友跟她哪有什么不同！她自认文笔很好，辅修中文，为什么出书的不是自己？她虽也试着掩藏钻心的妒火，无奈缺乏修养，几次公然说朋友的坏话。

对方走避她，她更被妒意折腾。

上进心不足的她会发出这样的恼火，只因她期待已久的好运被一下子抢走了。对她来说，好运就等于突然被发掘，接着，变成人人称羡的有名人。

可笑的是，家好连学校指定的书也没好好读过，该交的报告也不曾认真写，只是潦草地在网络上拼凑剪贴，因为她觉得那不重要，不是能让她变得幸运的关键。

哎，生活中不重要的事太多了，不会当人的课不重要，父母沉闷反复的唠叨不重要，长得不好看的男生不重要，女性朋友的心事不重要。她没看出这一年来爸爸有外遇了，妈妈也有外遇了，家几乎要拆散，又悄悄复合，长出新肉。

家好的爸爸婚前就有个暗恋的对象，对方丧夫，独自拉拔着一个小小孩子，家好的父亲几度想表白感情，却又糊里糊涂跟家好的妈妈走到一起，最后奉子成婚。小寡妇则是搬走了，不知去向。家好的爸爸活到五十岁上，竟与当年的暗恋对象重逢，对方在拉保险，这时他已经为人夫为人父，有年纪的男人，学得狡猾了，终于和当年的小寡妇谈起恋爱来。

至于家好的妈妈，她从年轻时就在旅馆做房务员，先是在车站那条街的商务旅馆做，后来旅馆出事，烧了,又去另一家连锁的大旅馆做,做得很出色。收拾一间"休息"过的普通房,只花十五分钟。

但家好的妈妈对自己家的房务就做得比较潦草,她说这是家里没有"规格化",要是一切都规格化,就上了轨道、就井井有条了。

家好的妈妈有天下班时,意外撞见自己的老公携着发式清爽的某位大婶在街上走,那浓情蜜意的画面太叫她愤恨了。家好妈妈愤愤不平,上当了,被骗了,就为了年轻时没捂住他的那根枪杆,就为了那个说了ㄅ*字就要脸红起来的破保险套,嫁了这什么东西!赔上了半辈子!

家中只有两个成年孩子,父母的存在是可以很飘忽的,在这飘忽中,家好的爸爸去爱了那个小寡妇,而家好妈妈苦在证据不足,只得阶段性地隐忍不发,她没在家摔门扔杯盘,只是话少了,没事就空空瞪着家好爸爸的背影,当他转过脸来,她才别开眼睛

---

* 注音符号,此处为保险套的"保"字。

装没事。

农历年初二,家好爸爸拿出一条丝巾,说是情人节礼物,家好妈妈真想当场把它扯烂,却只是病恹恹地接过来。家好爸爸一脸惶恐在旁窥伺老婆的情绪,家好妈妈偏不给情绪,一点点也不,就系着丝巾去上班。年节里旅馆可热闹了,她向年轻主管诉苦,诉苦完补上一句:"说了你也不懂吧,你太年轻了。"她对比自己小的男主管说话,一向很轻松自然,把他当小朋友,谁知诉苦时很容易把心都掏出来,家好妈妈甚至开始气恼家好爸爸,气他不够坏。因为她跟年轻主管很快地就有了点什么,让她都不好继续追查丈夫的行踪了。

两夫妻回到家里躺在同一张床上,心事的波动令双人床无风起浪,吓坏了两条小舟。

家好绷着脸过日子,没发现父母的唠叨有气无力,都是说给对方听的,做做样子。电视上探讨外遇情节,或是触及几个钻心的动静,就要把为婚外情折腾的先生太太吓得分头躲入浴室和厨房喘息一阵。家好却还是恨生活很平凡、很无聊，因为重要的事都不在她身上发生。

家好又想到死，痴想着因好友背叛而自杀的凄美情节，虽然没人背叛她，她差点都担心是自己背叛了自己。此时，助她走出这段低潮的是爱情……或该说是疑似爱情之物，虽是疑似，也够用来转移注意力了，毕竟是一生一次的初恋。

没有梦想中的轰轰烈烈，只是有个外系的男同学主动接近她，家好则是有点自暴自弃，心思还停留在跟自己擦身而过的好运上。男同学长得不错，主动约她出门，却怯生生的，好不容易确认彼此都有好感，也都想找机会做些什么，就学着牵手接吻上床，怀着一整个少女时代的春梦盼来的，原来是这样。

家好小小得意，觉得自己在人生阶段里前进了一大格。

交往后时好时吵，嫉妒以至于想死的那股不甘，已不再发作，曾经入骨深切的妒意变成一种难言的心酸。好像生活独独欠了她，欠了好多好多，但自己也不敢深究翻搅，不敢自问为什么做不了自己想做的那个人，隐约害怕问了就要为此付出深重代价。

她改做另一种梦，在脸书上发些无关痛痒的文，以便展示自己的美照和爱情。有时她也觉得奇怪，怎么老是琐碎不顺？真正称心的生活在哪呀？想着想着，她又上网留恋那个想买的包包，越来越觉得非要买下包包才会一切顺利。

家好私下办的信用卡，一办好就开始积欠款项。她没有固定的零用钱，只是零零碎碎地跟父母要个五百一千的，一下子就花完了，没法缴款，只好全部再分期一次，只缴利息，反正，等她有空去打工的时候就能还了。每天她都检查信箱，把催缴账单藏好。谁知有天她上完课回到家，就发现爸妈坐在狭窄的客厅里唉声叹气，桌上摊着催缴账单和她原本藏在房里的几件名牌包包，名牌的硬纸盒和麻布防潮袋全被翻了出来。她扑上去用身体护住那些东西，仿佛被看上几眼就会穿孔生虫。

这次家好爸妈不只是发现家好欠下了十几趴*的循环利率，还发现家好跟一个同校的傻壮男学生在一起的证据，多层次的愁苦胶住了他们，连责骂都说不出。

没人发难，家好倒哭了起来，越哭越觉得自己应该哭，应该委屈，这世界对她好坏好残酷。

当时家好的妈妈已经换了一家旅馆工作。婚外情是她结束的，年近半百的女人，在爱里醒过来，又找到自己了，可找到自己她就看清了自己，还能是什么东西？就是贪啊！真是贪啊！

生活在情爱里对她舒展了另一面，那张她很久没见识过的侧脸，每一句话都饱含水分，仿佛丰润细密的雨点，啄出甘甜的印记，颤抖的心在律动中摇荡。即使没有话语，她也在他身体上读出很多意思来，两肩的肌肉是否紧张？睡饱了？早上没有时间抹发胶？出门前太太说过什么吗？早饭吃好了？

---

* 台湾把百分比称作"趴"，来自 Percent（百分比）的日语发音。

女人突然泫然欲泣，发现情与爱都被她不知不觉纺成同样单调的布匹，在生活的轴轮下旋转，最后也只能是面目混同，跟那些进出爱情宾馆、千人一面的男女有什么分别？

就这样，她奋起了，决心要做个还称得上漂亮的句点。家好妈妈悄悄谈妥下一份工作，将热烈的恋曲一手掐断，卷起袖子回家对付老公。

碰上女儿闯的祸，老夫老妻都心虚，怪自己忽略了孩子，尴尬地面面相觑。

其实家好爸早就发现了，口袋里没有钱，小寡妇那里是去不得的，小寡妇善于理财，凭一己之力，将儿子送到国外念书，生活也打理得当。而他，他的死薪水还没下来已有了去向：贷款、生活费、保费。他手边只有一点零花钱，顶多请客吃两顿饭，买个小礼物就没了。没带一盒名店的蛋糕，他都不好意思去人家屋里约会，窝囊。

他没想到自己会比年少时过得还寒碜，这是为什么？都是为了这个家啊。

和暗恋对象重逢前,他不知道别人在过什么日子,他是一下班就回家烧菜,米饭煮好保温,有人回家就自己盛饭吃了、洗碗。老婆的班表他从来不认真看,反正老婆买菜,他负责煮,垃圾有人拿出去倒,大致就安心了,可以去公园练气功。睡前看一点武侠小说,妥妥当当。

谁知恋爱把他的小日子弄得七荤八素,好几次都脑子发热,把握不住自己了,他多想彻夜赖在小寡妇的屋里不走,但没用。他十点回家,十一点回家,凌晨一点也要回家,做出刚练完气功的模样。脖子上挂着毛巾回家。

看家好在面前哭得可怜,他心虚,孩子缺钱,就被银行骗了,家好妈妈倒不这么想,原本好好的,有男朋友就学坏了,是被男人骗了。想起自己骗男人也情愿被男人骗的种种纠缠,家好妈妈恼怒地把家好的信用卡剪了,逼着要见她男朋友。家好灰头土脸带男友回家,谁知家人满意得像是要催她嫁人。

家好不开心,拜托!谁谈恋爱要家人允许了?

偏偏，平日表现在脸书测验上算是最低分最自私的男友，竟然主动分摊家好的卡费，让家好心里那一点残暴的反抗都冻结起来了。

起初她是想死的，后来她交了男友，想起来她都不懂自己了，也不懂人生。

至于最后那次，那次离死最近了。

刚毕业时，她最理想的工作是进杂志社或是广告公司，应聘的都是文案、企划类工作。也艳羡同学能考研究所或出国，可惜她成绩欠佳，家里又是连婚后的兄嫂都挤着住在一起，不工作也没法交代。于是一有机会就匆匆就业了，在一家小出版社当编辑助理。

公司专做环保、乐活方面的书，她唯一参与过的一本是《台湾的梦幻欧洲生活》，作者跟家人住在自己设计的别墅里，拥有欧洲风格的大厨房。每次去拍摄时，都是一个满脸胡楂的摄影大哥开车载着公司里一堆女生上山。

看着作者那张晒得微黑却时尚而有个性的面孔，家好自惭形秽，摄影师忙着取景拍照，作者两耳上的金质坠子衬得年轻的脸孔生气盎然。她抱着混血的可爱孩子入镜，畅谈在北欧求学的经验，又细数屋里家具的来历。家好被震慑得不知该说些什么才得体了，只能一味赞叹，大约也适当扮演了一个没见过世面又比较无知的角色。作者是所谓的名媛，富商千金，任职私人基金会。家好隐约明白，这本书还是出版社求来的，作者只要尽情展现风采就好，家好负责回去听录音打字，对这完美的生活，简直不能想象。

初恋男友还在服役，她已经好几次跟胡楂摄影师进宾馆房间交缠。

拿出信用卡替她付清购物款项的摄影师，在床上也对她很温柔，她又一次沉浸在爱情……或该说是某种爱情的赝品中。摄影师带她去各种聚会，把这个城市当作自己的东西展示给她看。她晚上跟着摄影师出去，白天在公司胡乱交差，出版社老板笃信藏传佛教，穿着红色袈裟的喇嘛莅临，全公司职员跟着下跪，家好特别觉得不自在，送客时一路跪送到电梯口去，路过的行人无不却步。

后来，面试她进公司的编辑偷偷跳槽他处，三不知地离职，公司里还没人找家好谈去向，她已经待不住了。当然，提辞呈时没有人留她。

那个摄影师啊，既狡猾又贪图享受，表面温柔，其实没管她死活，保险套都不戴，知道她月经没来以后，摄影师立刻断了联络。无助之余，她找上比她早一步离职的编辑打听摄影师的事。

在办公室显得年轻干练的女编辑垮着脸在住家附近的咖啡厅跟她见面，活像老了十岁。她拖拉着三岁的孩子（长得跟摄影师一模一样），一脸疲惫地说，她跟摄影师很多年了，摄影师还另有老婆孩子……家好再逞强也冷静不来了，光是哭，编辑则是没讲几句话就会不可思议地再问一次："你怎么会这么蠢？"

她自己去做了月经规则术。

手术没想象中的痛，毕竟还年轻，也没有网络分享文上众口强调的后遗症或虚弱。她不觉得手术拿出来的未成形的血块是个"人类"，自然没有罪恶感，她只是失去了活下去的胃口。

好想死，她的心又一次徘徊在生死边缘，才二十四岁却自认好老好老好老，根本已经一百岁了。军中的男友放假来看她，她说要分手，眼泪就突然哗哗流下。

人生终于如她所愿，有事"发生"，但她日夜编织的可不是这种蠢女打胎的陈腔滥调，她想把这回事忘了，但不管怎么假装，她都忘不了自己是多么喜滋滋地送上门去，去做一块被人用过即丢的破抹布，忘不掉自己为冰冷的器械张开双腿的那一幕。挥之不去的羞耻深深将皮肉熨焦，她日夜都闻着身上的焦臭流泪。

曾被她嫌为平板无味的生活，现在却是那样血腥又立体，周刊上的各种社会新闻都令她想吐，网络上的八卦无不在鞭笞、叱骂她的无知。

家人都出门上班没有动静的时候，她才出来吃饭洗澡，偶有几次，她趁着深夜爬上公寓顶上的水塔台，只想着要不要往下跳，不过她多半还是趁天黑时一路步行到环河道路，城市的夜路上，不少在车内车外勾缠成一处的情侣,他们见到她也不会停下各种亲密动作,来劲得很。

堤防边上的七八只黑狗黄狗照例对她轻吠两声,囫囵吃掉她在便利商店买的狗食,又很快地自顾自地结伴跑开了。她也好想当其中一条小狗,不管今天明天,只要能伸展四肢、快乐地朝前奔去就好。如果上天给她一次机会,她愿意以今生所有做交换,她如此坚定,仿佛立刻就要投胎转世,在这片草地上重新出生,化作被城市生活排挤到最边缘的狗族。

天亮前,她已满身汗渍烂泥般回到自己房里倒头睡去。

做活动企划的学姐听说她离职,屡次找她去帮忙,她只是推托。家妤妈妈看她离职以来就关在房里不露面,非常怨她。在管教孩子上,家妤的爸妈都自认相当用心,小时候送她去上才艺班,接送很勤,长大了给她买教科书,交补习费,对孩子他们是口径一致的,还深深体会到孩子就是拴在他们婚姻上的结,是撕扯不开的冤家。

家好妈妈最后硬拖她出来发泄似的打骂,哭喊吵闹,想逼她去做事,家好只得答应去替学姐打工,好在家人面前有个交代。

学姐喜出望外,办活动缺工读生*,但找来的学生来历又杂又难约束,想找熟人帮忙。领日薪,一日一千,同去的男男女女都像是去郊游,忙着认识异性,不时溜去外头买手摇杯饮料回来,还分吃零食什么的。几天活动下来,家好愣愣的,除了日夜颠倒一时无法调整过来,还因为种种接触都令她痛苦,都像是在讥刺她的现况,有些学生会做人,反过来招呼她。

学姐本指望家好能多少组织、约束一下其他的工读学生,看她一脸怠慢,常在旁发呆,失望至极,也没再找她帮忙。

不过家好僵死的心终于松动了一点,走出家门的种种刺激仿佛灼痛的热风,迎面吹拂,痛归痛,倒也使她略略醒转过来,好像是第一次,她看清了眼前的

---

* 台湾指勤工俭学、做兼职工作的学生。

世界。父母家人都觉得家好变了，跟关在房里之前不一样了。被疼痛彻底咬噬过的心散发温柔，一种无望的温柔。

她开始找工作，写了很多履历，最后总算有家公司叫她去上班。她感恩戴德地去了，公司登记弄得很奇怪，做创意设计的一家广告公司，公司很小，除了老板财哥本人以外，只有另外两个同事，都是老板拍片的班底。

家好应聘时名曰企划，但每天的工作就是上网看政府公告，不管什么拍片补助也好，微电影公益广告也好，先做企划案去比稿，等接到案子，四十几岁的财哥叫她想点子，两人一起顺脚本，接着发给技术跟临时演员来拍。财哥虽草莽，又比家好大上一倍，但想法多得很，反而叫她不敢松懈，比上学还用功。

不过，政府机关爱看的是公文、单据、账目，家好念的会计本科派上了用场，让她有了一点扎实的自信，这不是奇丽的妄想或修过的美照能带来的那种成就感，她也渐渐会笑了，她没忘记自己是个被玩弄作践过的白痴女人，可是她渐渐以为那是前生的一个故事，年轻真好啊，隔两年就好像上辈子似的。她活得像之前没活过似的，再世为人。

财哥有几次对她说话支支吾吾的，特别带她去吃饭，也没说出别的。她则是一想起财哥就揪心，总有点想哭。起先的两个同事已经走了一个男的，跑去大陆拍片。另一个是养了三个孩子的单亲妈妈，人很可靠剽悍，也接电视台拍片的工作，因此是机动式地上班。不拍片时办公室常常就只有两个人，财哥什么都跟她讲，她爱听，曾有大伤在内里的她已养成少话的习惯。财哥讲话，她就随手做些扫除、整理的杂务，听着。

财哥给她的薪水愈给愈高，最后终于跟她求婚了，说自己是离过婚、乡下还有个念小学的孩子，但家好要是肯嫁，他保证疼她。

真正的爱情不知怎么跟死很像，在婚纱店里收到自己跟胡子摄影师的裸照时，家好仿佛被死期缠绕的网中物，被绝望重重击倒。

后来财哥把公司收了去大陆拍片，家好另找了现在的工作，她倒是不想死，只是活得很浅，越活越浅。

她突然感觉憋闷，浑身像灌了铅，对，浑身的，她的身子在哪呢？她从意识最底处浮起，强光袭来，在未凿如蛋的孔窍上猛地开了一隙，早晨的太阳，从病房的百叶帘筛下，暖暖地抚摸她的脸庞。

她被搁在一张床上，几次聚焦，都没办法将眼前的景物拼凑好，手脚都动不了，再远，看不见什么了。她的脖颈无法动弹，视野狭小，她听见，也感觉到头部胀痛阵阵，挟着心跳、血流默默压送全身。

全身，她思及这具身躯，竟有点隔膜了，大腿、胳膊、乳房、性器、头发、脸孔，她曾把自己的人格附加在上头，甚至延伸到手里拿的包、脚上穿的鞋，再延伸到发型和唇彩上，她以为这些就是我我我我，样样都是。

真傻。

以后她不要再这样了。

累极了，她合上眼。在不断升高的疼痛里甜甜地想着,以后不要再这样了。原来人生随时都能重来,只要转过一个念头,她就能再试一次。

她要好起来,她喜欢拍片,她可以继续学着写脚本,等到有一天,那一天,财哥跟她重逢的时候,她会勇敢解释一切。

在甜美的思绪里,她渐渐融化,自由了,也不疼了。

最后一次恢复意识的时候,四周堪称明亮,团团的黄光白光,有个被铐着的男人戴着安全帽跪在灵帷前伏地磕头,数名警察不大积极地制止一旁推打辱骂的众人,父母兄嫂连侄子都在新闻摄影镜头前哭着,家好看见自己那张在灵前放大的照片,微微的笑容。

活过一遭真好,真的很好。

今生的最后一个念头,带她去了远方。

艾莉亚

又死了一条鱼,斜嵌在缸底的石缝里,莉亚拆开免洗筷把死鱼夹出来,颤巍巍推开阳台的纱门,把鱼尸埋进盆栽里头,现在每株橘树底下都埋着小鱼了。小鱼坟场。

第一条死掉的鱼是被她扔进马桶冲走的,没想到冲水的水流将沉尸在马桶底部的小鱼带动起来,宛如重生,很吓人。

鱼是范恩买的,他们去逛花市,卖金鱼的摊子上摆了几个深桶,除了穿梭的小鱼,里头还有枝蔓柔绿的水草,望进去像个莽林。

莉亚着迷地问:"这水草怎么卖?"

老板说水草不卖,只给买鱼的人配上几枝。莉亚点点头,她一直都记得自己曾不负责任地把捞回家的大肚鱼饿死的事,便走开了。范恩倒指着不同的鱼种和老板问答起来。

莉亚走去看隔壁摊的果树,梨山蜜苹果枝丫细嫩,透明的茎脉里走着金绿丝线。百香果是卷在竹条上的旧藤,粗褐表皮上发出新叶和卷曲的绿足,次郎甜柿有个男孩的名字,也像个男孩一样,腼腆瘦长。开花结果的日子还远,可故事的背景都铺设好了。

莉亚屋里所谓的园艺,是吃橘时随意种出来的小树,叶片新绿油亮,凤蝶常来产卵,幼虫跟鸟粪一样,黝黑又带着白点,然后蜕变成肥唧唧绿色大虫,下颚强壮,吃叶子会发出沙沙声,三两下把叶片吃净,因此她的小阳台除了虫子与绿叶外,什么也不产出。

果树摊的老板坐在一张折叠椅上伸展脚腿,没招呼她,却径自对空气说:"这要下农药,要下农药。"

莉亚一树一树认去,果子多得像灯泡的金橘树,叶底也上釉般一个虫洞都没有，想来这些植栽都往死里下过药。

范恩提着鱼来献宝，说老板给了很多枝水草，和小鱼一起养着，水草也容易长得好。莉亚忘了抗议，只是接过鼓蓬蓬的透明塑胶袋，看水草里细细穿梭着小鱼。范恩连饲料都买了，手里还轻轻勾着一个空玻璃缸，圆的。卖果树的老板对这桩生意乐见其成，问："饲鱼呀？我以前爱养锦鲤，都是几十万的品种……"

"锦鲤怎么养？"

"要有好水啊！那时候从山里接水出来……"

范恩在旁人面前有另一张新鲜的面孔，常叫莉亚看得着迷，不知是不是星座的关系，他天生容易和人说上话。

没预期抱了一缸鱼回来，屋子又小，莉亚自己挪家具找地方，多花了好多时间。添上便利商店买的纯净水，穿梭水草中的细鱼竟有十几条。晚上在餐厅帮海伦过生日，莉亚一在库卓身边落座，就赶紧告诉库卓，她养了鱼，库卓也赶紧告诉她，海伦的新男朋友来了。

海伦的男友整晚都憨笑着，很腼腆寡言的样子，众人起哄要两人亲一个，他却不推辞，搂住海伦舌吻起来，莉亚一下子把眼睛别开，心里倒暗暗讶异自己的不老成。

席间莉亚跟库卓溜到门口抽了很久的烟，话题都绕着库卓未来的男朋友打转，莉亚很懂得归纳和提问，主持两人的谈心时间，自信都比电视台做的深度访谈还深入，但她也不免俗气地问："你喜欢什么样的人？"

库卓说，他喜欢带得出去的人。

"带去哪儿？"

"天涯海角。"

哦，世界的尽头。

有一天（不是什么致命的纪念日或节日前夕，只是某一天），范恩不再和她联络了。莉亚发现的时候，范恩已经不接电话也不回电，所有信息都是未读的，好像凭空消失了一样。当然他没有死，活得很好，只是不想再跟莉亚一起了。

有句话说得幽默，说分手的理由都是假的，只有分手是真的。深谙此事的莉亚发现,自己也是个需要理由的人,用什么无稽谎言包装都好。

可惜没有。

骤然失恋的女人变得很怕冷,夏末就穿上了毛袜,还觉得不暖,一个人在屋里也穿着套鞋,围上围巾。不知是气候变了还是城里的生态差了,凤蝶没来产卵,橘树终年都是那几片绿叶,也不长高,光线不足的时候看来像塑料。土里生出一种半透明的卷螺,壳里探出的头足是鼻涕黄,一点一点咬啮植栽。她蹲在地上把看得见的螺都挑到一个生有杂草的空土盆里,没想到这些螺总是三三两两又往有植栽的盆子爬去。

鱼缸里的水草先是从碧绿转为翠色,翠色逐日褪成淡黄的半透明状,然后一簇簇各自在水里化掉,都消失了。接着是鱼,死掉的鱼落进缸底,尸体很快就蒙上一层白浊,还活着的那些却同在一缸水里浮沉游泳,浑然无觉。莉亚看着其间的风景变换,仿佛看着从自己心底提取的缩影,水草萎坏死尽,鱼只数量减少,她俯看这个可供捧玩又一眼看到底的世界,特别觉得无力，身为这个世界的主人，她可以把所有石子小鱼都捉出来扔了，可以连缸打碎这脆弱的生态，但若是所有介入都只带来毁灭，还有什么意思。

一下班，她就回屋里忙，擦地、洗衣、挑螺、给鱼缸换水，换得太勤也不行，因此间中也得忍着不去换水。

如果可以的话，她想整天都戴着那双绿色的橡胶手套永远不要除下来，如果可以的话，她情愿少领薪水以求不必开每周一早上的例会，如果可以的话……

但，"如果可以的话"这个句型要是真的能成立，她虔心祈求的，又怎会是这几件事？真正的愿望已经落空，没有进取的余地了。

她吃不下，早餐午餐都改为掺上牛奶的热咖啡，又喝不完，在杯里变得冷腻恶心，最后只能倒掉，在茶水间里艰难地清洗用过的咖啡杯，于是再一次认真考虑买一双橡胶手套放在公司。垂头对着浸在水流里的双手，眼泪仿佛随时要滚落下来，听见有人走近，她没回头，只是抖擞了下精神，把脊梁也挺直起来，想有个振奋的背影。

柔依在她身后说:"大家要去吃泰国菜,主任一起去吗?"咖啡还在心口涌动的莉亚看着水流,说:"Sure!"

惊叹号,尾音拉长,雀跃。

讲英文就有这种好处,再无色彩的言语,也沾上了"空中英语教室"的欢乐感。

柔依是她的助理,不是私人助理,只是分到她这个组,年纪小莉亚一轮,难得有种温柔的感觉。

莉亚在自己的组里,除了公事以外,是不太开口的。她就像家族里的一个害羞的阿姨,坐在角落的大办公桌旁远远看别人生的小孩办家家酒,看他们怎样对彼此讲话、商量团购、比较去过的餐厅和去过的国家。有时也互相猜忌,生出些局外人才看得清楚的暧昧……

(年纪大了就开始小看年轻人,不行哪。)

三十五岁的莉亚常这样提醒自己。

她升职时就下了决心,不要变成自己碰过的那些讨人厌的主管,绝不拿自己的情绪跟私事来烦下属,于是她就这么变成安静客气的阿姨,退坐在角落,自己也知道照样还是讨人厌,主管没有不讨人厌的,只是各有各的讨厌罢了。

像隔壁组的主任,从早至晚尽情吆喝唠叨,赶牛似的,连莉亚都为之侧目。

当然不羡慕,不过,"如果可以的话",能有《穿普拉达的女王》里的安妮·海瑟薇来当助理倒也不错。

"叫她帮你洗咖啡杯!"库卓说。

"对,"莉亚说,"洗完检查。"

库卓在一家唱片行工作,一有空当,两人就窝在街边的咖啡座上讲垃圾话,消磨彼此的人生。

"半夜还要叫她订餐。"

"半夜订什么餐?"

"麦当劳欢乐送。"

"穿普拉达还吃什么麦当劳。"

两人吃吃笑着低头各自看手机,都在APP和脸书上收发信息,她注册了交友APP,随时跟大台北地区的男士热情漫谈，库卓注册另一种APP，跟另一些男士打情骂俏。她化好妆喷上香水去跟陌生男人吃饭看电影，通过这些仪式，确认自己还在人肉市场活跃着，也把之前没机会穿的洋装高跟鞋都穿过一轮。约她出门的男人掏钱付餐费买电影票时她会客气一下，但绝不坚持，女装的价钱是男装的三倍，还没算保养品、化妆品、香水和鞋子，更别说身为女人才会碰到的各种天灾人祸了。

她把自己跟范恩间的旧讯息都删了，联络人倒是保留着。有些难为情的是，到现在，她时不时还会传一些话给范恩，不是责备也不是质问，是夜里突然好想跟他说什么，以前很爱的那家店倒了欸，你一直喜欢的老电影出蓝光喽，传了讯，隔天起来就在自己的手机里删掉，当作没这回事，反正送去的讯息总是未读，范恩一定是把她屏蔽了。

思前想后，她也不苛责自己，只是勉励自己不要痴缠，要学着放弃。

人生在世，总要学着一再放弃。

"你会不会觉得手机里的联络人很怪,你看这个组合,前男友、老板、网拍卖家,这几个人根本没有交集,但被排在一起好像很亲,可能他们之间也有一种缘分吧?"

"手机荧幕,你以为三生石?"

"三C石。"

"哪里买?"

"台湾电子。"

约过两次会的男人传讯来问晚上想看什么电影,莉亚给库卓看那人的征友照片,照片里找了个最端正的角度,看来蛮精神。其实,过了四十的男人,加龄臭都跑出来了(虚岁四十的库卓给她一个很白的白眼)。不过人还算整洁,穿衣品位不太差,有正经工作。库卓热情追问睡了吗睡了吗?

莉亚耸耸肩。要睡也可以,只是最近都没吃避孕药,库卓挥开香烟的云雾,一脸茫然:"啊?避孕不是得戴保险套吗?"莉亚要跟他讲双重防护的好处,库卓不听,不听拉倒。

"那你赶快吃药,多睡几个人,很健康啊。"

"好像不行耶……每次跟不认识的男人见面,我都会觉得自己很可怜,很想哭。"她没说自己突然眼泛泪光,搞得约会对象手忙脚乱。

"要乐观!说不定他在床上跟你很合啊。"库卓是坚定的。

假日,莉亚收集了很多聚会信息,她知道自己不会出席,她会在最后一分钟传讯说:"对不起我今天不太舒服,下次再约我哦。"

早早醒来,吃一些不知何时落在冰箱、没有动过的东西,过期很久的东京香蕉蛋糕,是朋友去日本买来的,吃起来味道很正常,但想到糕点在冰箱久待的历史,禁不住微微反胃,不知会不会闹肚子。模糊中,又困了。

打开卡通频道,跌倒的海绵宝宝摊在地上说:"真讨厌,干脆一直躺在这里好了。"

周间比较容易挨过,假日里,时间大段空下来,不知该做什么。她总是睡眠不足,轻微水肿,因为没有范恩带着到处去，家里又没有敞窗，几乎晒不到太阳，肌肉溶解消失，稍一活动就疲累不已。

经过一阵阵原因不明的死亡潮，近来鱼只的数量直线下降，每天早上眼睛没睁开前，她从遥远的梦境回到现实的边缘上，再一次清点这个世界，就像重新打开上次看到一半的影片，很难准确找到新起点，某些事倒是一刀切的，譬如，范恩不要她了，还有……那些鱼！

想到此处她就赶快睁开眼睛去看鱼缸。

她已经忘记上次是跟哪个男的一起，又去看了什么电影，正正经经地穿戴好上电影院约会，共餐时斯文有礼的男人会在暗处悄悄摸她的手，接着摸索她的胳臂，叫人吃惊的是，他们总是抚着前一个约会对象也摸过的地方。她会先装作不太觉得，争取时间来自我分析，对方的手究竟带来什么感觉？温度？湿度？一点点恶心？

想躲开时稍做羞态便躲开了，不失礼也不唐突。有些人掌心温热，有些人掌心湿冷。不同的男人把手掌放在她的臂上来回摩挲，可惜她一向只是想着，原来现在约会都是这样的，原来没有好恶之情的抚触会是这么的无机质。坐在这些或高或矮或胖或瘦的异性恋男人旁边看好莱坞的约会电影，她总是忍不住担忧，如果核电厂突然炸开，她可要莫名其妙地死在不相干的男人身旁了，想到这儿，莉亚泛起自怜的眼泪。

同龄的朋友现在多半忙于育儿，谈起孩子，有人崇拜有人溺爱，有些人是傲然了。做母亲真不简单，拉拔儿女，自我抹杀。但莉亚没有妈妈啊……想想，也不知道缺了那么重要的人生配备，自己是怎么长大成人的。

小时候，莉亚很喜欢跟同学偷偷跑去附近的寺庙玩，可是，另外两个女孩就住在附近，莉亚却得独自回到小镇的另一头，要沿着大排水沟的堤岸走一长段路，大排水沟两旁都是比人还高的芦苇，行人稀少。太阳下山前，小女孩一路嗒嗒嗒嗒跑回家，想着各种恐怖的传言，有暴露狂啦，有强暴犯啦……她怕，却忍不住还要到处去，去田里捞大肚鱼，还到处找寻爬满金龟子的鹿仔树。

莉亚家里经营一家小铁工厂，住家就在工厂铁皮屋层架的阁楼上，上下要爬铁梯。加盖的厨房与厕所在工厂后边。日间铿锵不断的作场弥漫着铁腥味，切割钢板时锯轮总会喷出火花，而焊接熔枪的那份幽蓝色，她已经看腻了，长大后还不断地梦见。

在她家，没人真的高兴看见她，看见了也只是被推来搡去，人人教她要畏惧铁皮屋外广袤不可测的世界，她却更怕自己会像被链在门口的那条黑狗，终生和食盆、狗粪困在锁链的半径里。

她羡慕寺里住着的那老小几个尼姑，她们也用剩饭剩菜养了一只狗，没链住，狗就只是肥墩墩的，大晴天里，狗在寺院粗糙的水泥地上蹭背，尼姑拿细枝捆成的笤帚扫地，顺手用笤帚拍打狗胖大的身子："来福！来福！又出去偷吃肉……"来福常常十天八天不回来，回来时又肥上一圈。

尼姑们的性教育是无稽的，说男子与女子在一块儿时，要是女的耳朵被男的吹上一口气，就会迷迷昏昏，任人为所欲为了。

而今的交友软件是，男会员要花钱买点数、买VIP身份，没花钱不能传讯给女会员，即使女会员先留言，男会员不付费也看不见，这是市场机制。既然花了钱就可以争取主动权，有人早中晚都传："安安，吃饭了吗？"寒暄问安，也有很多人直接要求Line或见面。

"找地方聊吗？"

"想分享一些色色的事……"

莉亚连会员头像都没上传，也会收到"你的眼睛好迷人"这类同时发给数百位女会员的简讯。

"求一夜情＞＜"

键入："你不是我的菜。"

"那，可不可以介绍想约的朋友给我？"

这倒是……多叫人惊艳的回答啊。

"我现在才知道，在男女配对的市场里，范恩有这么多选择！"

"你们异性恋好乱。"库卓正在铁锅里炒洋葱，还加了大块奶油。

"你看奶油,奶油起泡了!"库卓嫌莉亚多事,终于把她驱逐到客厅,库卓的男友正在帮他们下载电影。他们也是在手机软件上相约认识的,库卓说他跟雷好多次睡在一起后,雷终于问:"那我们是什么关系?"

说出这句话,就是投降了,是摊牌,是问:"你要不要我?"

库卓在起点占了上风,但他和莉亚一致同意,感情这种耐久赛,不是光看起跑点,此后还要一路比下去。

"看过就删,然后又下载。"雷告诉莉亚,"我们已经看了三次《云端情人》啦。"

三人吃着意大利面看电影,库卓很快呼呼睡去,莉亚跟雷差点也要被他的鼾声催眠了,两人隔着睡倒的库卓有一搭没一搭地聊天,随片讲评。

莉亚说:"哎,要是我买了一个正版软件,然后跟软件谈恋爱,然后被劈腿,然后软件又说'I'm leaving',那我又失恋,又没软件可用,我岂不是太惨?

我一定要求赔偿，退费！"

"哎，但你好不好意思跑去跟客服人员说这个啊？"

"哦，大概不好意思吧，因为这个问题很私密。"

"很湿密。"

"超湿密的。"

每个单身女子都以为自己在演《欲望城市》，掀开苹果电脑就说："我忍不住开始怀疑……"于是怀疑个不停。但其实真正该花脑筋想想的可能是另一个转场关键字："在此同时……"在此同时，胶原蛋白只会减少不会增加，卵巢里的卵子定期成熟排出，排完就无以为继了。

她又开始吃周期性的避孕药，月经来过，每天一粒。有人说避孕药可能诱发癌症，有人说会影响未来怀孕的机能，可是自投胎以来，化为女身，她从小就是被恫吓长大的，担心那么多，还不如吃下粉色小药丸，人生的未来能见度就大幅提高啦。

"那你就到处去睡吗？"库卓问。

"哼。"

艾莉亚

"就是有!"

"没有啦!"

莉亚先用眼神巡梭咖啡厅里跟他们同场扮文青的男女老少,才低声告诉库卓,她总觉得自己的身体还记得范恩的身体呢!

"那又怎样?"

"我怕受伤啊!"她很恼怒,讨厌自己竟讲出这种感情剧里的坏台词。

"你的处女膜已经破掉了唉,"库卓诚恳地说,"不会痛了啦。"

那些摸她手臂的男人们平均到第三次约会时就会把车开到汽车旅馆外,问她要先休息还是先吃饭。

"不好意思,我忘了喂鱼。要先走了。"此时莉亚就很佩服自己,她挑的那些会陪她吃晚餐看电影的男人,都是那种会眼直直看她走掉的男人。而这座城,一向站在她这边,只要往街角的便利商店走去,马上就能找到计程车司机救驾。

"那你就不约会了吗?"库卓给她个白眼。

"我有出去玩啊。"

出去玩，莉亚长了很多见识。譬如，去钓虾场钓虾吃虾，蓄水养虾的大水泥槽四周立了铁柱盖上铁皮屋顶，夜里很凉很透风，钓虾场外的停车场是碎石子地，远处可见高铁的轨道横过天际。拎着啤酒罐的男女抽着烟谈笑，孩子在地上跑。远古的投币式卡拉OK还可以用，喝够了谁都狠得下心唱一曲黄乙玲的《茫茫到深更》。

铁网上烤好的虾串在铁签上，两只眼仁皱缩干瘪，仍是黑灼灼的。

"好吃吗？"

第一口咬下时有些嚼不动，虾肉焦香浓郁，红衣白肉的甘甜里还是那一丝腥气最诱人，有野地的气息，吃着吃着，她很难得地想起老家。

至今，回家路上的风景，是铁道两旁注满水的水田，可怜地挨着电子工厂的铁皮围墙，却仍忠实地映出那一小方蓝天白云。她定居的大城其实也像是一个个小小城镇组成的，然而却只有那个灰扑扑的南方小镇能将她一寸寸拖回她的出生地。每一次，当她在简陋的水泥月台上步下火车，她的肺便会猛然认出家乡的空气，违背她的心思发出大大的欢呼。

或许是听说莉亚跟范恩分手了，海伦突然急着约她吃饭。

莉亚知道，有些人，是你把自己内里所有狗屁倒灶的破烂都掏出来给人看了，对方也不会不欣赏你，但海伦可不是这样的人，跟她只能是：客套，微笑，客套。

海伦约莉亚在一个"迷人"的咖啡馆里吃午餐，侍者端上各有名目的调味奶油，配着粗面包吃。餐点不是盛在餐盘里，而是一人一个小小的木质砧板，上头放了炙牛肉片、烤马铃薯和生菜。特制的汤匙里卷着一窝意大利面，明太子在上头闪闪放光，咸香诱人。

海伦一边吃，一边说她："弗洛伊德有讲，迟到就是不在乎。"

这话讲了十多年，莉亚迟到，海伦就说："弗洛伊德讲的，迟到就是不在乎。"

弗洛伊德真的有讲吗？莉亚茫然。她只知道，身为迟到的人，理亏归理亏，但要看别人原谅（或不原谅）的嘴脸，特别憋闷。

"这餐一千二。"海伦又说，"抢钱啊。"

那又为什么要吃？要拍照？要打卡呢？

莉亚听着自己在心底批评多年旧识，更加自我厌恶。她对海伦就有这么多批评说不出口，只敢在心里顶一下嘴，完全退化，又变成没行为能力的孩子，一心叛逆、厌恶，也隐隐畏惧着大人，于是阳奉阴违。

海伦是莉亚第一份工作的主管，两人差了五六岁，海伦常在土气的莉亚面前显摆自己的品位和见识，莉亚起初也有股傻劲，深信漂亮又自负的海伦什么都懂、什么都比自己好些。海伦看出莉亚的崇拜，自然乐意在工作上帮帮她，莉亚也满心感激，后来都换了工作，还一直联络着。

如果缘分到此为止，不失为一段佳话，然而感情状态年年都一言难尽的海伦养成了无数坏习惯，平日不闻不问，感情落空时就拉着人讨安慰，无限消耗朋友的同理心。海伦自诩是感情细腻的女子,但她对莉亚的任何际遇,都只是翻个白眼说:"这不是常有的事吗?"

嫌莉亚没见过世面,大惊小怪了。

莉亚学会在海伦面前收起自己的坦白,微笑着很世故地用"哦"一声来代替所有应酬客套,假作热络还是可以很热络的,只是累。

莉亚冷淡了,不再对海伦露出崇拜的目光,海伦还隔三岔五地找莉亚,只是要确定自己过得比莉亚好。

海伦相信自己比莉亚更值得拥有美好人生,莉亚相信的却是,自己缺少的就是海伦那种无限自恋、无限自我正当化的能力。

其实也不解,天生丽质的海伦何必跟她比?要是能跟海伦一样,能对人生缺口粉饰太平、能永远都是"他人贱如粪土,自己尊若菩萨",可真是荣获超能力,不必再跟任何人计较了。

"知不知道我找你是为什么?我要结婚了。"海伦自问自答,把手上一枚白金钻戒亮出来。

原本很担心海伦要问起范恩的，看了那枚白金钻戒，莉亚的心情反倒轻快起来，听到海伦说："女人的归宿就是一个好钻戒哦。"更是爽朗地笑出来。

海伦看着莉亚一无顾忌的笑容，倒觉得莉亚可怜。认识十几年了，人不漂亮，个性生得古怪，一点都没改。自己特意不提范恩，对她体贴入微，她却不知感激，嘻嘻哈哈的？

当然，海伦也只是在心里对自己叨念罢了，对莉亚，海伦这边也少不了许多粗粝的情绪，早早把两人初识的柔软损伤殆尽。

人生的遇合就是这么奇妙，莉亚后来对库卓说："要是没有海伦，我们也不会认识。"

"不管怎样，我们都会认识的。"库卓难得浪漫地说。

莉亚竟有一点感动。

"最近都去哪里玩？"

"还是钓虾。"

约她钓虾的男人脸庞黑瘦，喜欢喝啤酒。莉亚最

艾莉亚　　151

记得头一次跟他见面时,他那张喜不自胜的笑脸,像是不相信自己的运气。他三十岁,交友档案上的照片有点模糊,回话客气,不像那些约吃晚餐看电影的斯文男总爱打高空[*]、爱聊单身的暧昧无奈和孤独。钓虾男蛮生活化的,谈天内容是高丽菜三颗五十好便宜,菜农赚什么之类的。

莉亚有次提到CD机坏了,又不想买这种过时产品,他就坚持要拿自己的旧CD机给莉亚。莉亚不推拒,跟他说了公司地址。后来传讯说来了,人在警卫室外等她,莉亚顺手拿了客户送的点心下来,一眼就看见那个叫伍德的,他穿着印有公司名称的外套、牛仔裤,跟模糊的相片里穿的根本是同一套。

伍德看莉亚直直朝自己走来,突然慌了,赶快把圆盘形的CD机递给她,说,"这不必还。"接着掉头就走,莉亚叫住他,把小糕点交到他手里,才看到他是笑着的,喜不自胜的样子。

---

[*] 意为说空话、说大话。

从伍德的笑容里她看出自己也许是个可爱的女子，至少比她自己以为的可爱多了。

后来伍德邀她出去，不是走吃饭看电影摸手臂那一路，却是直接邀她去参加朋友聚会，莉亚抱着出门玩的心情，并不介意跟很多不认识的人唱歌、钓虾、打保龄球。伍德叫她艾姐，莉亚起先以为这带点狡猾，是那种世故的人爱用的套路，后来却慢慢看出伍德的世界观来。伍德总是要先找到人和人的分际，才能安心来往。莉亚其实很讨厌这种称谓构筑的人际关系，她认为这些都来自旧世界，莉亚的世界是新一点的，可以直呼名讳，但也自私一点，各管各的。

伍德向他的朋友介绍莉亚，很喜欢说："她在外商公司上班哦。哪国的公司你们猜？"莉亚也不喜欢听这些话，几次下来，突然有个初次见面的男生皮皮地回道："外伤不都是那几种，跌打损伤啦，筋骨啦。"

莉亚对这个皮皮的丹尼就非常感兴趣，同桌吃饭时，莉亚的目光也总是随着他转，眼里有种琢磨的神情。伍德焦躁起来，故意追问丹尼跟女友的发展，丹尼不在意地说，对方劈腿，就分啦。伍德显得更紧张，频频偷看莉亚的反应。

丹尼摇手机把在座的人都收进Line的群组，还说莉亚："干吗啦，Line的昵称这么好笑！"莉亚只是吃吃地笑。

范恩也是这样，一见面就把她全副注意力抓住了，她曾经多么珍惜地听他说话，只担心自己不会再碰到这样可爱的人。

吃完饭丹尼提议大家直奔基隆港，夜里吃海鲜，众人都被说动了，立即成行。莉亚不去，依旧让伍德送她，伍德这才恢复一点元气，但已露出全盘皆输的模样。路上经过汽车旅馆，莉亚赶快推伍德："去那边一下。"

伍德愣了愣，车没停下，径直开过去了，但没等莉亚再一次提醒，他就自动转进下一家汽车旅馆的入口。付钱时控场小姐说，小房间没了，只剩比较贵的大房间，伍德只是掏一张大钞出来，左手在空气中微微掸着，表示不必找钱，然后，一下子就把车开进了车库。

进了房，伍德捧着她的脸亲了又亲，没放过手。

做完没话可说，房间时限到了。穿上衣服出来，两人默默下楼驾车。到了莉亚家楼下，伍德把手放在她手上，说："明天接你下班。"

莉亚胡乱点头，打开车门走了。伍德看她闪进大楼，又想起刚刚从她衣服里剥出的白净身体，心里起了一阵牵动，方才的爽快就像梦。他决意要好好珍惜这个女人，旋即一阵疲累涌上，回家呼呼大睡。

隔天他发现自己给莉亚的信息都标着未读，便隐隐觉得不对，但昨天对他来说太幸福了，他没往坏处想，到公司领了一天的班表，跑完所有维修点，就提早到莉亚公司外等她，等了一阵，忍不住打给莉亚，电话很快转进语音信箱。改拨办公室的号码，莉亚的助理接了电话，说，莉亚出差了，人不在台北。

柔依这头和伍德讲着电话，随手写了张纸条递给莉亚："Mr.Wood's call." 莉亚接过纸条看了看，上下对折起来，接着又折，折成一个最小的方块，手机

艾莉亚

荧幕突然醒转,亮了起来,是伍德。莉亚依然把来电按掉。

之前跟着伍德认识的男男女女当然也说她的闲话,说她骗了伍德。具体一点是说,艾莉亚不就一个臭婊,又老,有什么了不起。

莉亚虽没把那些人认作朋友,但也气。有必要吗?不过就点头之交,谁又是谁的谁呢?现在她认出旧世界的可怕来了。

"那些人也怪,干他们鸟事?"库卓冷哼。

伍德不知怎的,坚信她是碍于女大男小而不跟他交往,是不愿耽误了他,因此不断写信来自明心迹,说自己很成熟,爱了就是一辈子。

看来伍德也有把一切正当化的超能力。

莉亚没有之前那样瘦了,对吃东西的兴趣提高不少,边吃火锅边对雷和库卓诉苦。

雷听得皱眉:"爱跟谁睡还要公审吗?"

库卓现在又很同情异性恋了。

莉亚吃了很多来埋葬自己的心事,原来辜负人是很难的,现在知道范恩的好处了,他离开得这么彻底,消失得一点破绽也没有。

吃得正热闹,丹尼突然发信息给她:"要不跟我交往?"

莉亚没点开信息,直接屏蔽他。库卓教的,这么一来信息就会留在未读状态。她根本不愿丹尼知道她看过这条讯息,去你妈的,少看不起人。

睡前在阳台抽烟,车声人声弥漫在城市上空,是温暖的声响,不知不觉,长长的冬天也乏了,凤蝶依然没来。

大卫第一次到她家时,先看鱼:"怎么就养这一条鱼?它会不会无聊?"

"你说小红豆?"

"它有名字?"

"嗯。"不知不觉就给鱼起了名字。

见到人影走近,小红豆赶快浮沉几下,靠近水面吐泡儿,等着从天而降的饲料粉。

"小红豆啊,她……"

小红豆的故事就在嘴边了,她的心澄澈明晰,看出自己在范恩离开后,如何来到此刻。曾经瑰丽如翡翠的水草凋萎尽净终至不复存在,那么多鱼儿逐一死去被她埋在没有凤蝶来访的橘树底下。而她,她已经从这个故事里走了出来。

大卫悄悄握住她的手,她轻轻回握。

"小红豆很可爱吧?我还有好多小橘子树,你来看。"

8th

候诊处冷气很强,有个女人把皮包搁在手边,裙下的双腿不时平静地交替位置,先是右腿狡狯地贴滑过左膝,暂时架在左腿上,不久,再慢慢花时间换过来,双腿就这样平静地在薄裙下挪移,脸上却是没声没色的。

珠宁抱着自己裸露的两臂,挺直背脊坐在角落,知道那个女人这么摩挲双腿是为了取暖,她也怕冷,躲开空调出风口,还冷得不能动弹,只等掌心下冷凉的皮肤丝丝回温。

她侧头看窗外,充沛的阳光切入落地窗,热度却被隔绝在外。

诊所距离她家仅需步行五分钟，四百米远，这是谷歌地图说的。为了找个地方检查眼睛，她在手机里查出十多家眼科诊所，之前根本没注意过附近这些眼科诊所，最近的，就藏身在她家门口的某栋大楼里。最后她选定了这家，其实常常走路经过，但每次经过时她只会留意对面那座时盖时停的寺庙。

这都多久了？

先是盖地基，从混凝土里生出几簇钢筋，很久很久后，才安上了水泥轮廓，外观是一座大牌坊，一进，灰色八角柱，又一进。接着，工地如鳞脊外露的兽猝然入眠，静止于棘生的钢骨，这时期很长，数年间，庙方就着工地旁那幢漆了红漆的铁皮小屋为信众和神明服务。突然，某天珠宁经过时，发现他们又悄然开工了，工地一扫之前颓败的模样，神速架好龙骨，然后，眼看庙宇逐渐成形了，旁边还有座小楼，大约是道场，工人在水泥建筑物上做出鹅黄色屋脊，龙凤盘绕。

现在珠宁坐在候诊室里，她的视线仍是飘往玻璃落地窗外，看见马路对面那座庙的半成品上，爬着几个很细小的人影。

有个学生模样的年轻人突然落座，刚好挡在她和庙之间。

她收回视线，看表，两点五十五分，她在网络上查过诊次表才出门，午后两点半开始看诊，明明说两点半准时挂号的。

大学生也在看表，他没戴眼镜，穿球鞋短裤，露出晒过的颈背和腿，看着就令人浑身冷飕飕的。

诊疗间的门开了，一个小护士出来唱名："林珠宁。"

珠宁的手掌放开渥暖的两臂，重新感到候诊处好冷。

护士让她在一台常见的视力检查机前坐好："这里。"

年轻的男医师隔着机器检查她的眼睛。

前一天早上起床时，右眼有点睁不开，单只是右眼，她试着在镜子前转动眼珠，右眼整体蒙上了一层薄红色，不痛不痒，就是发红，好像漫出红光似的。左眼没事。她戴胶框眼镜去上班，一整天也没人问她，连她都忘记了,只是眼睛有些滞涩。这天起床看镜子,没好转,也没变得更糟,可是,不来医院一趟也放不下心。

"巩膜炎,没有感染性。只是一般的过敏。"

不到两分钟,她就走出了那个房间,候诊处变得空无一人,她在柜台领了眼药,听过用药的说明后就离开了,那个穿运动衫的男孩刚好跟她一起出来,开合不甚灵敏的自动门害他们在门前一同干涩地站了数秒,珠宁从眼角余光发现对方在打量她,她看了对方一眼,是张好看的脸孔,年轻人一阵慌张挪开视线,此时自动门才满是捉弄之意地从中缓缓分开,珠宁悄悄舒出一大口气,立刻把对方的存在忘记。

果然,外头很暖,她几乎听见藏在自己衣领和裙底的冷空气在阳光下瞬间化成轻烟,嘶声而去,阳光伸出温热的手在她颈背上摸索。她找出包包里的阳伞,打起伞往家的方向走,她从公司出来时已经请好假了,每年难得的几天有给病假,三小时、两小时地用,精打细算。

走五分钟到家,此时身上微微发汗,路上差点又买了特价的奶油蛋糕,那家连锁面包店,永远都有产品特价,堆在门口发卖,珠宁才想起,上次明明买过了,也算不上好吃。那是三十一岁生日,下班回家的路上,她就在店门口买了一盒特价蛋糕。

午后的天空有云聚拢,原本布满阳光的街心落了几块云影,她收起阳伞找钥匙,请了假要做什么呢?先看一集韩剧,晚一点再去上一堂瑜伽课吧。加入会员后仍然很久没去了,真是白花钱。

冲过澡换上宽大的棉衫,在小小的起居室打开笔电准备看韩剧,外头的雨点忽然纷纷拍上玻璃窗,下雨了,珠宁莫名其妙地想起眼科诊所里那个男孩的眉眼,她认得的,是那个孩子。

她趿着夹脚拖鞋下楼,隔着铁门就看见了。那孩子在外头没错。

冰箱里有果汁,她替他倒了一大杯。

年轻人一口气喝了半杯,才接过她递来的毛巾,把身上雨水也擦了。

"其实,我在附近见过你好几次了,这是第八次,今天才确定是你。"

"怎么确定?"

"护士有叫你的名字。"

珠宁没说话,她也记得他的名字,不只如此,她还记得更多,除了自己的,还有嘉伟的,即使是十年前的下午她也记得。

那个下午,大概时间太早,竟然只有他们这组客人上门,柜台的男生热心地给他们说明消费办法,一小时一百,但两百五可以包台三小时。嘉伟买了两小时,反正他们只是来消磨搭车前多出来的时间,珠宁的车票已经买好了,嘉伟抱了一组球就去选台子,珠宁跟着,也不懂得帮忙拿手套什么的,真是第一次来这种地方。

为了避开柜台那个男的,嘉伟挑了角落的台子,又替珠宁买好饮料。地下室的空调很吵,嗡嗡叫,烟味也浓。珠宁像是来观光的,好奇的目光巡梭不定,她四肢修长,薄衬衫里兜着绕颈的紫色胸衣,要是她一个人走入这里，柜台那男的一定会拼命搭讪讨好、自告奋勇教她打球，就跟暑假头一天，嘉伟跟几个死党在六福村死巴着第一次碰面的珠宁跟思好一样。

"不要光是看哪，挑一根杆子。"

珠宁哦了一声，右掌反插在牛仔短裤的后口袋里，背对着他在杆架前徘徊，昨晚在他房间，她裸身坐在他身上，脚掌轻轻蹭他耳朵，被他一把攒住，吻她的脚底心，她的趾甲盖很粉嫩，趾缘是半透明的乳白色，像海滩上被潮水和沙洗磨过的贝壳。现在，珠宁穿着凉鞋在有裂纹的地砖上闲步，漫不经心的双腿在杆架前开合不定，仿佛左右腿都懒怠，没打算支住身子，不时要换个重心。

嘉伟替她选定一根球杆，又细心教她瞄准母球，她俯向球台，腰背在他的掌下微热，他摸索她的身躯，指头爬上她垂着散发的后颈，珠宁不时回头对他笑一下，要他看她推杆的成果。她总没能把球推进洞里，厌烦了，后来大半的时间里，珠宁只是衔着吸管倚在球台边发呆，嘉伟在球台上琢磨几组球，两人有一搭没一搭地讲话。

"威力回美国了。"

"思好跟我说过。"

嘉伟的另两个高中同学都在追思好,他们一共三个男的去六福村玩,遇到珠宁和思好以后,三个人都疯了,先是排队排一起,他们问问题,女生只是一直笑,之后三个男的就一直跟着她们转,请她们吃冰激凌、请她们吃饭,尤其是那个假ABC、念完高中就去美国念书的那个威力,他特别有钱。另一个王以豪则是土台客,他赢在跟思好一样都是念师范体系的,又没有时差。

客运站旅客很多,有些家庭全家都来了,提着大包小包,独自来乘车的中年人,微噘着嘴在读一本佛经。背着登山用具的几个年轻洋人,混着中文英文说话,妙龄的金发美女,满肩白皮肤上密密匝匝都是麦色小点,嘉伟与珠宁在边上站着,珠宁已经先打过几次电话叮咛弟弟晚上要去客运站牌接她回家,她家在南部一个小镇上,客运下车的地方是某个交流道。

她早上洗头时用了嘉伟姐姐的洗发精,吹干头发花了半个小时,嘉伟闻着那股对他来说很家常的味道,有点发颤,他啊,他对心里一波一波的恐惧很反感。

"一开学我就去找你。"他俩的学校离得还比较近,珠宁在台北,嘉伟在宜兰。

"好啊。等我课表出来。"珠宁轻轻踮脚,用额头蹭了他下巴一下,嘉伟对她的亲昵却是一阵不乐。

没经验的是他,他之前没交过女朋友,珠宁却有过男朋友。他根本不知道怎么就会有个女生跟自己有关,他还没习惯,觉得很陌生。

珠宁转头看他,他看珠宁,眼白里有发光的一点蓝色。

"车来了。"

"嗯。"

珠宁就去排队,回头找嘉伟,刚好看见他匆匆走掉的背影,几乎是仓皇而逃。

客运一下子就上了高速公路,车速快,车里却是急流中才有的平静,珠宁陷在宽敞的飞机座椅里,颈子左右转着，想找一个窝，睡不着，又翻出手机重看那封一上车就收到的简讯。

"路上小心，到家打给我。爱你。"

车票是嘉伟替她买的，怕她不肯来。嘉伟爸妈跟团出国，嘉伟跟姐姐说好，让珠宁来住两天，珠宁则是跟家里人说要去思妤家玩。

镇上空荡荡的，二轮电影院外趴着几条狗，和售票员像一家人。木框里的海报年份已久，配着上了锁的玻璃拉门。嘉伟跟姐姐走路来接她，带她去唱下午场的 KTV，三人在包厢里喝啤酒吃卤味，怪腔怪调唱粤语 High 歌。嘉伟的姐姐叫秀雯，秀雯身材粗壮，团团大脸倒圆胖可爱，在省立医院工作，嘉伟对秀雯讲话很苛刻，秀雯没他那么贱嘴，被嘉伟酸了，便伸手狠命打嘉伟两下，然后爆出一阵乐不可支的笑声。珠宁也笑，自然地往嘉伟身上靠去，他就不好意思了。秀雯也不穷追猛打，又开始吃零食、翻找歌本，这时嘉伟才敢看珠宁的脸，珠宁只是注意摸他后脑勺，剃青的发根里好像有个痘子，才一摸嘉伟就喊痛。

唱完歌秀雯去医院上夜班,他们走路回家,嘉伟帮她拎提包。家是瘦长的独栋三层楼,打扫得很干净,地板窗户都有年份了,却光洁明亮,泛黄的瓷砖地本是白色的,却因微微黄色更显得年深日久,而擦地板的人如此落力。后阳台外是个小坡,铁窗格上攀着丝瓜蔓,黑色大蚂蚁列队绕着遍布绒毛的绿藤旋转,看久了都为他们头晕起来,屋里隐约有股干草的味道,是在烧艾绒驱虫,嘉伟去浴室洗过,回来就抱着珠宁傻笑,俩人衣服都穿得好好的,珠宁一直念着他后脑勺那个痘子。

"衣服脱掉就让你挤。"

"神经。"

衣服当然脱了,痘子也给她挤,嘉伟频频呼痛,真的痛,那个痘子藏在短短的发根之间,脓头已经发黑,微微隆起,她硬是把埋在皮肤底下的脓包挤破,挤出的脓血里竟还混着数个白色、不匀整的颗粒,坚硬如骨如牙,接着再挤,忽然鲜血直冒,用卫生纸抹了几次都没抹完,只好拿化妆棉一直按着,珠宁看见自己指掌都染红了，摸到什么都黏答答沾了指纹，铁锈味弥漫。

他翻过身来抱着她，身体烘着身体，拆开的保险套在他们手上传来传去，她起先一直忍笑，任他去试，但情欲也像月亮悄悄爬升。屋外更静了，虫鸣放声，她搂过他的后颈按在自己胸乳上，沾在伤口上的棉屑掉了，他们已经翻出肚腹，坦露最脆弱的，羞得没法说话，只能行动。

珠宁试着嗅闻身上的气味，没找到嘉伟留下的，身上都是撞球场闷闷的陈年烟味。

"路上小心，到家打给我。爱你。"这个魔咒维持了一段时间，然后渐渐褪色，嘉伟每个月都去台北找珠宁，但他们还是开始对彼此厌烦，厌烦会传染，就像无心忍住一个哈欠，发现任何解释都很麻烦，还有，费力维系这段关系过于无聊。

珠宁原本就不爱说话，嘉伟心情不好时会刻意想激怒她，她更不说话，令嘉伟想起那种不知打哪儿来的蜻蜓，冷冰冰的，还会引来坏天气，叫人心里不痛快。

不见面时嘉伟也想念她，觉得她好，可是见面却说不上话，他受不了她美丽又有弹性的身躯，拥抱时给他那么鲜活的感触，可是一做完爱，她会静得仿佛不在。射精后特别脆弱的是他，他怕得像是刚刚才发现自己一个人待在旷野里，身后的黄昏无边无际涌上，甚至，好想妈妈。

有一次他真的没时间去台北，一个月后，他又找了借口不去，心里好像逃过一劫，想她的心也淡去一层。到了第三个月，珠宁自己提出要去找嘉伟，嘉伟表面说好，但才到车站接了珠宁，他就说他非要去社团开会不可，还有点狡猾地说："你也可以来啊。"

她不肯，于是她发现自己一个人在他房里坐着，坐在床上，身边搁着包包、脱在一旁的大衣，早上在台北买的糯米饭团忘在口袋里，现在滚了出来。

嘉伟的室友回来过，两人打了下招呼，室友又害羞地走开了。

冬天的傍晚很短，过了那一时刻天就黑了，路灯吸引了很多蚊虫，嘉伟骑车回来，发现珠宁用他的电脑在看他的 A 片,他特别熟的那部,他吃惊地开了灯,珠宁倒一点也不吃惊,只是傲慢地回头看他,眼里满是挑衅,他第一次觉得珠宁长得好怪,哪有人五官组成是这样的。

一回神才注意到 A 片里女优的叫声在静静的夜里很夸张,他赶快去把影片关掉。

"我要走了。"珠宁穿上大衣,拎起包包。

"喂,不要闹了。"他结结巴巴地说,不妙,真的很不妙,看来是要分手了,脑袋里却有另一个念头,也想就这样让她走掉算了。

珠宁推开他下了楼梯,慢慢走到路上,他似牵线人偶般跟着,靛蓝色的晚上,珠宁的背影不一会儿就融化在夜色里,他赶紧跟上几步,沿着这条路直走会慢慢回到市区,但附近蛮僻静的,还有些水田,他隔着一段距离跟着她,心里反复对自己说,好了,她要走了,以后不能见面了,于是很哀戚,觉得一切都要失去了。走了二十分钟后他才想到,哎!应该骑车跟着她才对,这时珠宁突然第一次转过头,一下子就碰上仅隔着三步远的他。

"片子在哪买的?"

"夜市。"

珠宁又转过身要走,他趁机赶上去,捉过她的手,握着,珠宁也没甩开,两人没作声吻在一起。虽说是难得有人经过的僻静路上,往来经过的几辆摩托车还是叭了他们好几声。

珠宁原本想好了,分手的事,她一定要先提,然而他们只是默默回到宿舍,洗过澡抱在一起睡到隔天中午。醒来后,她不肯吃早餐,又开始收拾东西,说要走了,嘉伟骑摩托车载她到市区搭火车,珠宁趁嘉伟惯性闪人之前抓着他,抛下一句:"我们分手吧。"说完,她自己都知道自己满脸放光,有多得意,接着轻轻放掉他的手,转身入闸。

嘉伟突然心痛如绞,仿佛从交往之初他就预见并且畏惧这个场景。

回到宿舍他躺了两天,有个报告很重要,虽然已经写得差不多了,还必须起来从头至尾校两遍。他只得把电脑荧幕拉到床边一个字一个字地出声读过,那部该死的A片还在光碟机里面,他没看,因为珠宁瞪视他的眼神还没有被抹去,他不知道能不能专心尻枪。

有时他也会想到,自由了,我自由了,一时轻松得呼吸都特别顺畅,然而很快又跌落到绝望里面。干什么都没滋味,连打个电动看看漫画都没劲,甚至连笑话也听不懂,完全开心不起来,他都不记得没和珠宁在一起的时候人生里还有没有值得一提的事。度日如年中某天秀雯打电话来,在手机那头聒拉着说她前几天和几个同事去台北看演唱会,珠宁出来陪她们练歌,唱了一整个下午。

"珠宁?"

他气愤得哇哇乱叫,不知道自己挨过这个礼拜是为什么,于是搭车到台北找珠宁出来,在巴士上甚至越来越觉得奇怪,他怎么会拖到现在才来,他忍着不要太早打电话给珠宁,怕珠宁不肯见他,一直等到他人已经到了珠宁跟同学合租的公寓附近,又开始担心珠宁根本不在。

等他坐在麦当劳里与珠宁一起喝可乐时,他默默想着今天一早起床时根本没想过自己会出现在这里,可乐杯里冰块多,气也足,用吸管吸到嘴里,只好硬咽下去,噎得胸口冰冷,几近哽咽。附近有一组高中女生,尖叫又吵闹,一个初中生模样的男孩子,穿着海绵宝宝衬衫,戴着耳机,无动于衷地在写习题。他和珠宁各自点餐以后,一人端一个餐盘上楼找位置,两人半天没讲话,珠宁专心在吃麦香堡,她捧着面包、洋葱、奶酪、牛肉饼和番茄片组成的黄白红棕,一小口一小口啃咬下去,仿佛跟平时的她没有什么不同,可是嘉伟看出她凝视汉堡的眼睛里蓄满泪水。

"哭什么……"他忍着鼻酸抱怨,听起来更像是自己在哭哭啼啼。

"我只是月经来了。"珠宁胡乱擤过鼻子,从包里找出一个瘦长的棕色信封,去上厕所,她总是把卫生棉片放在里头有泡泡纸的牛皮信封里随身携带。

珠宁在洗手间里换了卫生棉片,用洗手乳仔细洗过手,擦干,看着镜子,自己发了一会儿呆。现在她鼻子发红，眼睛下的紫晕扩大浮现，糟透了。她绷起脸勇敢地走到外头，在嘉伟对面坐下来，一堆薯条都还没吃完，她决定吃完薯条之前不要讲话，她常常这样，能把嘉伟急死。

嘉伟看珠宁几乎面无表情地吃薯条，机械式地蘸番茄酱，送进嘴里，却微微猜到她的心思，自己这头倒不再心烦意乱，一旦看透了珠宁，就像带着透视眼玩牌，每张牌面都像已经翻开的。此时旁边的高中女生吵吵嚷嚷地正要离开，其实她们十分钟前就彼此说要离开了，但有人要去上厕所，有人手机没电想要充一下电，此时那个初中生想是终于受不了了，把餐盘拿去回收台，细心分类所有的杯子。

"不要分手。我会改的。"嘉伟说。

珠宁看他一眼，开始无限委屈地掉眼泪，嘉伟把薯条推开，两人隔着桌子手拉着手，眼睛对眼睛半晌没说话。

突然雷打似的轰隆一声，两人跟着桌子一起翻倒在地上，碎玻璃恍如大雨暴洒，将人影一个个钉在地上。珠宁耳里还隆隆作响,四处都是软绵绵的湿透的人体,没有光,像爆炒的铁锅突然倒覆过来,火苗与烟气抽光了氧,她没有睁开眼睛。

后来,即使医生说珠宁的眼睛一点问题也没有,她仍然看不见任何东西,各种新闻都是弟弟跟她转述的。最初采访的电视台误把她的名字跟初中生的名字相混,创造成了两个不存在的幸存者。死者名单倒是,一点也没错,嘉伟的嘉也没被写成"家"或"佳",休学期间珠宁在老家复健,慢慢看得见了,秀雯来看过她。

复健室里有好几本图集,是做色盲测验的画册,绿点里有蓝、黄、浅桃红的小点,密层层地旋转,她很爱翻看。那几个月,家人每天轮流送她去医院,咨询师让她在一到十之间做选择:意外发生后,我感觉很困扰,十分;意外改变了我的人生,十分;我还不能接受意外带来的后遗症,十分。可是她渐渐好了起来,回学校把学分补完,仅仅晚了一年毕业。

嘉伟的塔位在他祖父母旁边,说是家人之前的一笔投资，秀雯一边说笑一边擦眼泪，嘉伟的父母见了珠宁，没说什么话，最后才说："一切都是命。"

珠宁听成"一切都是梦"，却立刻警觉这是误听作祟。若是任凭自己一路歪斜，世事会扭曲成什么疯狂又便利的模样呢？

嘉伟没死却是跟威力去了美国，当初不该说要分手把他气走。又或是，推说在夜市买A片其实是他演的，他去东京当男优，此后她认真搜集他主演的A片，中出口爆全都来，爱人无锁码，永远纤毫毕露、栩栩如生。

只因"一切都是梦"，她虽活着，她经历的也如云烟，能笑着给嘉伟说一遍，但很可能因她性格别扭而不肯说，最后越问越拗，弄得他大吼大叫，两人泪眼相对。

秀雯嫁了那个陪她到台北听演唱会的医检师，连生了三个精力旺盛的男孩，中间一个继承了娘家的香火，长得很像嘉伟，脾气也有点像，很早就问："为什么我们家只有我没姓张啊？"

有次孩子摸着秀雯的脸孔问脸上这是什么、那是什么，珠宁在旁不经意地对孩子说："等你以后长了青春痘，姨帮你挤。"说完，自己恍惚半天。

从初中生突然长成大学生的男孩，名字跟她混在一起的男孩，淡淡地说："那几个女生很吵，也没做垃圾分类，我在心里想，你们都去死好了。"

珠宁平静地看着他，却记得当时她明明觉得很幸福，失而复得，喜欢变成厌恶又变成喜欢，还以为会这样反复下去好几次，至死不厌。她已经打定主意，心甘情愿要受折磨，要为情所困，没想到迎来这样的相思。

"后来，我觉得很可怕很可怕，幸好医生叔叔人很好，我过了很久才好起来。"

珠宁点点头："你眼睛怎么了？"

"我做了激光手术，去回诊。"

珠宁又点点头。

"你眼睛还好吗？"

珠宁点头，才想到拿了眼药回来，却根本没点药。

她默默从包里翻出小瓶装的眼药，取下眼镜，在右眼上点了一两滴，窗外的雨声依然很扎人，一口气也没歇。

"我常常想到你，我在想，为什么只有我们还活着呢？"

珠宁在戴上眼镜之前，两个眼睛看向他，一边是红通通的，一边是正常的，仿佛同时看着两个世界，然后才慢吞吞地把眼镜戴上。

"这只是暂时而已。暂时活着而已。反正几十年后也会死。可能明天就会死。"她气短，每一句话都说得像最后一句。

"我不喜欢这样想，"大学生很排斥地说，"这样就表示，你一直都跟那些过去的人站在同一边。"

珠宁很欣赏他的说法，她没想到自己还跟那些已被埋葬的人在一起，她还以为他们是被命运远远地分隔在两边。

"因为烧烫伤，我晚了一年上学，我妈妈把工作辞掉专心陪我，我爸爸本来很少回家，后来变得比较常回家。可是只有那一年而已,后来他们还是离婚了。"他年轻的脸上约略闪过一点情绪。"我的伤疤都好了,一点也不明显,但是肚脐变得很奇怪,好像包子的肚脐、被捏在一起的包子肚脐。"他自己扑哧笑出来,珠宁也被逗得微微一笑。

"你可能会觉得有点奇怪,但是那天之前,我常常在心里跟海绵宝宝讨论事情。那天以后,海绵宝宝就不见了,再也没有回答过我,我想,海绵宝宝已经走了……他可能代替我死掉了。"

大学生透露心里的秘密时,珠宁突然瞥见窗外的雨已经止住,她起身打开玻璃窗,空气温暖又新鲜欲滴,澄明的阳光斜照进来,她回过头正想对大学生说些什么,却看见他的皮肤在夕阳中闪闪发光,一片片如白花随风飞舞,卷出一个个小旋,又像上千蝴蝶一同振翅而飞。他的面孔看起来更加亲切多情,像一泓清泉倾出,在房内徘徊流泻,一度打湿珠宁的双脚,最后悄然无声地没入地板,只留下一圈圈几不可辨的水渍。

一切静止后珠宁独自在空无一人的屋里耳鸣，她找出压在抽屉最底下的习题册，是秀雯送她的，里头有嘉伟断断续续没写完的日记，她翻开空白页，记上这个下午的对话。

男孩说的没错，这是第八次。

——写于二〇一四年夏天

安静·肥满

我常常在一瞬间想起了很久很久以前,已经忘记的某种感觉,尤其当我还醒着,而夜晚又尚未结束的时候,深邃的夜,吸吮着我的所有,同时释出更多,我觉得自己像是在海底里翻转,无声地搅动,于是我航行在夜晚巨大的胃袋里,被过去遗忘。

只留下深深的沮丧。

我只有把眼睛闭起来,听着微弱的蛙声,若有若无地响,我试着将自己塞进空白的睡眠,天空已经转成青白色,月亮的残片挂在天际,正逐渐地同化为青色天空,我开始胡思乱想,把电风扇转到"弱"这个挡,拔掉电话线，把棉被盖在脸上，一切都准备好了，门也锁好了，我的脑筋慢慢地变成一片空白，就像是拼图的碎片开始剥落，又像是被雨水洗掉的风景画，露出了原本的白色，空空的，什么也没有的白色。

我照惯例为自己编一个床边故事。

不过，也许是因为脑袋已经空空如也，我的床边故事大多非常的乏味，几乎都是从脑海里跳出一个男人，而这个男人不顾一切地爱着我。

然后我就睡着了，做了和男人一点关系也没有的梦，甚至我还来不及搞清楚他为什么要不顾一切地爱着我，生活的浪潮窜进了八十巷，淹没了我，街上的叫卖声和我纠纠缠缠地滚进梦乡。

"醒来之后我就要把房间里的电风扇关掉，然后溜到客厅看新闻台在播什么。"我一方面觉得自己无可挽回地往意识的底层浸没，一方面却意外清醒地对自己说。

通常我会持续睡到午后才爬起来，值得庆幸的是，等到那个时候，我做的梦就已经像是在壁橱底下塞了很久的小说，被蠹虫吃得什么也不剩，只留下不连贯的无聊情节而已。

但有天上午，当我还直挺挺地躺在那张捡来的单人弹簧床上，安静得像是某个无生命体的时候，有一个人在我的楼下大声地喊叫，那是邮差在喊我的名字，我一边无意识地数算他叫唤的次数，一边觉得身体里的血液正在慢慢地融化，然后流进僵直的四肢。

邮差先生终于走了，我走到客厅，拉开窗往下面看，一团绿色的影子正好随着噗噗作响的摩托车离开。过暑假的小孩挤在巷子里玩棒球，在我看，他们只是不厌其烦地轮流把滚出巷口的球捡回来。夏天的气味浮在北台湾的屋顶上，蒸出阵阵酱油滚猪肉的咸味，就在这时候，玻璃爆破的声音突然震得我耳内嗡嗡作响，辐射状散开的玻璃碎块仿佛意味深长的威胁。

他们把我的窗子打破了。

我对楼下的小鬼探出头，五六个制服上衣没扎好、穿着凉鞋和短裤的小鬼都翘起头来紧张地盯着我，眼珠子转来转去，我跟他们一样哑口无言，肇事的棒球出其端正地静止在我的电锅盖上,看起来简直就像是买电锅附送的赠品一样。

我动手把那些大片的碎片捡起来,放进一个纸箱里,电铃响了,我去开门的时候顺手把那个棒球捡起来,握在我的口袋里。

"那个,是我打上来的。"站在门外的高中生说,我向旁边瞄了一下,还有几个人挤在一边紧盯着我们。

因为我穿着又长又宽的T恤,又刚睡醒,所以我很干脆地拿出口袋里的棒球递给他,"赔我换玻璃的钱"。

高中生没接球,却突然很内疚起来,眼睛低下去。

我看见自己握球的掌缘已经割开一道浅浅的血口。

"多少钱?"高中男生低着头看我。

"换了才知道。"我把球塞进他手里,"我找房东帮我换。"

"不行不行,那我爸就知道了。"一个躲在门旁边的男生一边说一边在胸前小幅度地摆着手,他是我们房东的小儿子。

"我会跟他说是我自己打破的。"其实应该顺便训训他们，不过很麻烦，"反正你要赔我钱就是了。"我没头没脑地说，然后把铁门关上，高中生隔着铁门上的空隙凑过来说："你的手咧？"

"手的事不用赔。"

我关上门以后，就绕过玻璃碎片走回房间，接了两通电话，还顺便打电话给房东。洗过澡，手掌上的血原本已经凝紧，沾水之后全掉了，剩下粉红的一道肉色，重新渗出血来。

最近又开始变胖，以前可以穿的衣服都变紧了，眼睛下面的细纹则是早在二十岁前就开始出现的，我检视浴室里那张布满蒸汽的缺角镜子，仿佛镜子里面的人会突然说些什么似的，我张开嘴，镜子里的人也张开嘴，像是有什么难以启齿的话，无声地蠕动着嘴唇。

冒险套上可能随时会绷开的牛仔裤，我走路到了打工的地方去上班。

我在便利商店打工，以二十六岁又读过大学的我来说，长时间在便利商店打工似乎是一件很浪费的事。所谓浪费，指的完全是金钱上的浪费，现在还领时薪，一起做同样工作的女孩子和男孩子多半都才十几岁。可是我也一直没想要改变，公司用PDA在网络下单订货，我不碰PDA，弄得店里的同事都怀疑我低能之类的。

其实我只是，凡是要负责任的事，我都不想做。

巷子里的小孩跑光了，路上空荡荡的。附近人家爱种九重葛，一重重披下，满是翠绿叶片的枝梗上，镶着紫红色繁碎的花。这一带的旧公寓，绕着传统市场一层一层毫无章法地组成，是生活所筑起的超大型迷宫，首先是市场和庙宇，然后这两者又将更多人的生活拉进旋涡，八十巷就是其中的典型，它像是正在旋转着，斜斜地，稍微有点弯曲，站在巷子的一头往巷子里面望，看不到出口，也看不出它通往何方，除非亲自走到另一头去，小心避开辐射状刺出的弄堂，仔细地从门牌号码上的增加或减少里找出规则。

但是等到弄清楚自己正在从巷头走到巷尾或是从巷尾走到巷头，另一条巷子又出现了，巷子们从不同的街穿出，又延伸出不同的弄，相互交错，门牌号断断断续续，以莫名其妙的逻辑剪断或承接，很容易让人联想起一边跳着走一边乱叫的跛脚猫。

我很惊讶的是，等我下班回到家，玻璃窗居然已经换好了，屋里只多了一张七百八十块的账单。那几天房东的小儿子在放学的路上遇到我，总一脸装出来的若无其事，也不管塑胶水壶在膝前乱撞，便直直走过来叫我的名字，后面加个姨字。

不是放暑假了吗？基于共同的秘密，我也若无其事地问。

要上暑期辅导班啦。恰如其分的，他表情成熟，有点厌倦地说。

高中男生跑来还我钱的那天，我正好放假，准备待在家里看一整天的电视。那是一个阳光微弱的下午，天气并不热，只是非常的闷，好像有人突然把台湾用盖子盖上了一样，闷得说话都会有回音。

我从抽屉里找出两百二十块的钞票和零钱，顺便连水电行给我的收据一起给他，他连看都不看，就塞进长裤的口袋里，然后说："你的手怎么办？"

我的手没事。

高中男生发现客厅里什么都没有,只有电视、放电视的矮柜、一张当作椅子用的和室桌和大同电锅,他大概想不到我在客厅用电锅煮饭和汤。高中男生在我的客厅里打了几个转,因为他个子高的关系,我的生活空间变得比平常小很多。

"你都不用工作?"

"我在 7-Eleven 工作。在那边。"我先是指着东边,想想,其实是西边。这附近的人都知道我在哪里工作,作为一个便利商店的店员,很多我不认识的人都认识我。

高中生耸耸肩:"我住很远。"

我觉得差不多应该结束谈话了,就率先走到门口,高中生慢吞吞地跟上来。

再见。他弯下脖子对我说。

再见。我说。

本来事情可以就这样结束的,但不久之后,下雨了,有雷,雨水像瀑布一样泼下来,我下意识地站起来走到窗前——几乎连视线都没有离开电视,我把窗户关上之前,却瞥见高中生站在对面的屋檐底下。

我喊了他几声,声音却都被吸进遭雨水占据的世界里去了,明明很有力地从喉咙里发出声音,却觉得自己的声音瓮声瓮气的,耳朵里冲激着雨声,不能肯定自己是不是有发出声音,好像探头到一个井里去了。

我疑惑地走下满布灰尘和凉气的灰暗楼梯,高中生正在望着大雨发呆,一点也没注意到,有人隔着这样白花花的大雨在打量他。我暂时这样看着他,其实这个人与我无关,他的面孔在雨中看来更加生稚,刚撑开了形状,还没上好颜色。

隔着巷子对他招手,他却露出困惑的表情,认不出我是谁,大雨让空间远远地拉开,连这样走两步路都变得非常的艰难。我张伞,迎着他走去,眼看着他的表情从讶异、询问到微笑,仿佛时间也拉长了,当我跋涉到他立足的檐下,我几乎错以为我们是很熟的朋友。

怎么不回家,上楼的时候我问他。

我家很远。

那你怎么找得到我家?

我用钥匙打开门让他进来,他在门垫上蹭掉泥水,然后伸出手来,张开的手掌里有一张折过的湿纸片:"我有记。"

那张纸上画了从八十巷到公车站牌的路,曲折得不可思议,其实只要横越过菜市场,就可以走到公车站牌。我这样跟他说的时候,他好像有点沮丧。

因为没有椅子,所以得坐在和室桌上看电视,遥控器在手上转来转去,电视在播《唐伯虎点秋香》,我们互相炫耀自己记得的台词。我请他喝用冰水泡的即溶牛奶,加很多糖,他说:"哎,你就是喝这种东西才会胖。"

雨停之后高中男生向我要 E-mail,说要寄周星驰的经典剪辑给我。

我第二次送他走到门外。

"听说下雨天认识的人都会变成朋友。"他隔着铁门说。

"可惜我们是在晴天认识的。"

"啊,那个是意外啦,谁叫我臂力很强啊。"

哦,是哦。

又一天,我睡得没那么深,清楚地听到寺庙的广播,从那天早上开始,一整个礼拜,戴白色草帽和墨镜的老人们,轮流坐在妈祖庙的庙门口,拿麦克风不间断地念忏文:"祖先先灵受苦……宿世因果而来的冤亲业障债主,牵缠侵扰阳世子孙……宿世冤欠……"

信箱里出现一种黄色的纸,印着正红色的字,上面把业报跟功德的因果详细列举出来,我拿到以后,就拼命找里面有没有说明肥胖跟业报关系的。

我又胖了很多,脱下牛仔裤之后,肚子上总有久久消不掉的一圈红色勒痕。九玄七祖的先灵都在等我超度拔荐,消解我身体肿胀的苦厄,一抵一偿。

不过我有更好的办法。

我放弃牛仔裤,走路去市场,那里有很多称斤卖阿嬷衫裤的摊子,买了好几套棉质、松软的衣服,我特别喜欢一件画了蓝色袋熊的上衣。

安静,肥满。

我的肚腹不再受到压迫,浑圆的小腿和膝盖之间出现了肉涡,乳房沉重,从腋下紧张得开始了弯弧,将松垮的棉布衫填饱填实,脖颈安分地驼着,感觉颈上的皮肤和肩背以下蔓生的赘肉厚厚连成一片。

还是热衷吃饭,从便利商店带便当回来,在家里吃,将空的塑胶便当盒洗洗干净,成叠丢掉。偶尔我也煮饭,在巷口买一家便当店的炒菜,自己煮一锅汤。

夏末的空气平展干脆,像一片漫没无际的金沙,每一粒沙都挟着温度的细刺,一一灼在裸出的手脚、脸上,看得多,连眼睛里也有了,慢慢地,眼中的热渐次熄去,夏日风景瞬间烧化褪色,像金纸桶中才爬过火苗就变得松白继而灰去的金箔。

中元节过后,满街巷里的红灯笼仍然夜夜亮着,是红色的冰块。

有一天,高中男生晚上来找我,他穿制服,在店里走来走去,店很小,没什么地方走,最后他只得在放杂志的转角站着,拿一本运动杂志,眼睛看着我,也没有笑,很严正地与我相认了。

看起来有长大一点点。

我穿上外套,走出店门,他上来勾住塑胶袋的提把,于是我们一人一边,隔着便当走在路上。

"变胖啦。"

他正经地看着我说,一字一顿,听起来很埋怨。

他说着,我在笑。我突然想起我是有一个弟弟的,我养母的儿子,小时候也叫我姐姐。想起这些,我抬头四顾,巷里已经落黑,街灯真远,仿佛转入死路,脚步一近,却听见人家的音响里传出了流行歌,于是墙里墙外都聚满了人烟。

音响里放的是周杰伦的新专辑。

我告诉他,我们巷子里住了好几个周杰伦,每天早上都练歌。高中男生说他也喜欢周杰伦,但是不唱。

我们不唱。

我们在房间里吃饭,我窝在单人弹簧床上,看他呆呆地喝着可乐,上网。

高中男生为什么来找我呢？我没问他，他也没有说，我翻开从图书馆借来的小说。或许我不该让他发现，生活其实可以那么无聊、漫长，应付应付。

最后他睡着了，也没有洗澡，歪在拼图地板上，手里捏着被角。

过了夜里三点，附近菜市场里的鸡开始啼叫，它们被塞在生锈的铁丝笼子里，过不了多久就要被宰杀，但鸡叫的声音非常温暖，像是温和的提琴在你的心上钝重地拉锯，包含了所有粗糙的温柔和善意。

我闭上眼睛，仿佛在长久不间断的鸣声中浮升，鸡啼不止，接力把我沉重的身体运送到消逝的地方。

隔天他还沉睡着，我穿上胸前有蓝色袋熊的衣服出门，去邮局领三投不遇的挂号信。

我养母写信给我，信中她这样写："……你妈妈如果还活着就知道，我没跟你拿过钱，我不是那种人，我在社会上也有地位，你弟弟不像你……"

信里夹了一张某个私立学院的注册缴费单，学生姓名处印着弟弟的名字。

我昨天才记起自己有一个弟弟呢。

这个在回忆中重新又出生了一次的弟弟,小我两岁,属龙的。小时候他皮肤特别白,秀气得很,家里不太让他走路,几乎到哪都被人抱着。

大概是弟弟刚从南部的大学被二一^{*}回家的那阵子,他开始上厕所不冲水,我第一次发现的时候,立刻捂着鼻子冲掉了,心里怀疑是家里的老人,但爸爸才过六十不是吗?

渐渐地我才发现是弟弟。

家里的人一定也都知道了,却只当没这回事,之后每当厕所臭气冲天的时候,我就远远地躲出去,等到有人去冲马桶为止。

我记得,我也抱过弟弟。

他个子小,所以刚开始抱起来并不费力,然后,愈抱愈沉重,为了要自己能继续支持下去,我只得到

---

* 台湾有"二一退学"制度,若某学期学分未达规定的二分之一,会被退学,即"被二一"。

处踏步。已经六岁或七岁的弟弟，却总是一动也不动的，把头窝在我的脖梗上，全身软软的，他喜欢被人抱着走来走去，也不觉得气闷不自由。

仿佛重新感觉到那带着微热的重量，我不由自主地低下头，在邮局的柜台上照着存折填提款单，立账邮局，屏东东港，我出生的地方。

我隐约能明白养母的心理，她并不缺钱，但她要我出钱，也知道我会拿钱出来。她要我花钱买下枷锁，心甘情愿地承认，我不该随便跟男人睡，不该跑到台北，我不要脸，于是该把钱拿出来。

我也有一个不要脸的妈妈，照我养母的说法，我不要脸的妈妈生下我，跑了。小时候我在心里简单地解释了跑这个字，因为比走路快，所以跑，好去别的地方，因此我想象中的妈妈，总是很神秘的，有任务在身的感觉哦，她知道自己要去哪里。

我不讨厌我妈妈，哪个妈妈、阿姨不是跟男人睡呢，我养母对我不公平，但我也不讨厌她，我的确为了永远被剪短的头发大哭过，也朝思暮想地期望过美丽的衣裳，但那一切都被洗去了，在我初次与男人睡过以后，秘密的疼痛和受孕的可能，都在肥皂泡沫和冲洗中归于安静，死寂。

我的两腿变得很冷，好冷，怎么淋热水都没有用，我只得在莲蓬头下半蹲半跪，抱着自己的双腿。那年我已经二十一岁了，头发还是很短，乳房很小，随着胳膊搂在腿上，乳房便可怜地平贴在身下，怀抱着身体内里的冰柱，与自己靠得这么近，隔着那层薄薄的皮肉，第一次摸索出自己。

我看见膝间溜滑出红色绢丝般的血渍，随着水势，在冲激的热水中一闪而去，是第一次的血，血抽丝似的，一直没停，简直可以这样怔怔地看下去，但刚跟我睡过的男人却突然在外头拍门，说他想进来。男人继续在门上拍着，我不知道男人是想进来撒尿还是想进来洗，说是男人，其实也就是我家附近的邻居，刚当兵回来。

无论如何，我不想看到男人的脸，终于我也没有再看见。我草草套上衣物，撞开了一道门，接着是第二道，跌跌撞撞地跑下楼梯，第三道门，宾馆暗紫红色的玻璃门左右分开，当头倾泻的阳光油绿，荧荧点满我一头水珠。

刚和男人睡过的我，撑着有如冰冻的两腿，一路往下淌水。就这样在困热的午后跑了起来，跑出镇上的宾馆，直直跑到火车站。

跑这个字，一上来就带着逃的意思。

我就是，那个逃跑的女人所留下的孩子。

因此我的脸永远被养母批点、忌惮着，每当爸爸下班回家，一个人在厨房吃饭的时候，养母就站在一边高高低低地述说她在我脸上的新发现，是做五金的阿义叔，是入赘在米店的青勇，好几次，她就这样突然尖叫哭泣起来，却只换来爸爸冷漠的责骂，为此，我不得不更憎恨爸爸。

但随着青春期的来临，我脸上秘密的变化，终于归结于一个男人的脸，爸爸的脸。

我的养母到底失了分寸。

高一升高二的暑假结束后，我裹着撕裂又重新缝起的左耳去学校住读。

我仍然像以前一样，叫养母阿姨，管爸爸叫作爸爸，而多年来总叫我姐姐的弟弟，最后却不再叫我什么了。

我把他的母亲，变成了什么样子啊。

没想到到了今天，那早已忘记的感觉，又会在我的颈弯里出现。

"在这里。"

我指给高中男生看以后，高中男生摸摸自己的肩颈之间，说自己没有弟弟。但这不只因为弟弟，还因为很多别的，我看着高中男生，可是没有说话。这瞬间苏醒的感觉，仿佛是身体执着的记忆，无论如何安静，也是安静的耳语，当我一开始听见，纵然在最嘈杂的空间，便无法停止去追踪，或者说，便无法逃开从身后追踪而来的，这絮絮的声线。

高中男生已经洗过澡，穿着我的T恤，洗过的制服晾在阳台上。他说买了低卡可乐给我："没有热量哦。"我从来没想过要喝没有热量的可乐，高中男生却很热衷地要我喝："拜托，这有柠檬的味道。"

的确有柠檬的味道，那些跳动的气泡涌进心间，在接近蓝色袋熊大笑脸的部分，呲呲跃动着，几乎叫人也要发笑。

高中男生说他要走了，去阳台拿他的湿制服，这么稀薄的阳光下，湿衣服晒足一下午也还不能穿。高中男生先问我，能不能让他穿走身上的衣服，我点头，然后看他动手把湿答答的制服穿在T恤上，T恤的花样透过潮湿的制服浮出来，是戴着竹蜻蜓的小叮当，飞在天空上。

他说这样穿着，一下子就干了。

高中男生穿鞋的时候，在门边拣出了一双压在盒底的球鞋，问我为什么不穿。

没有为什么，很久没穿，已经穿不下了，我说。我没说我也不再奔跑，我没说在这庞大而互见藏闪的迷宫里，不知道能跑去哪里。

鞋子放久又不会变小。高中男生简直是在赌气了。

我赤脚套进球鞋给他看，非常艰难，脚背上的肉全都勒紧了，高中男生却耐心地重新松开每一格的鞋带，再帮我重新系好。结果剩余的鞋带短短的，勉强结一对小小的蝴蝶。他要我站起来走几步，我站了起来，踏出左脚，然后右脚，就与他离得太近。

你怎么会来呢，我不得不问他。

高中男生仿佛也觉得鞋紧，自己把鞋尖在地上轻轻踢着。

无论是如何的安静，也是安静的耳语。

两个世界

天快亮了,芳仪体内却还维持着充过气似的饱满,原本就有晚睡的习惯,最近因为辞掉工作,又不知不觉把所有时间都花在DVD、网络和电视节目上,渐渐变成不等天色泛白就无法入睡,说是入睡,其实是全身力气瞬间被抽光似的昏迷在枕头上。

在突然变成非睡不可之前,各台的晚间电视节目早已重播过三次了,她要不是看着租来的漫画,就是用快转功能把一堆非还不可的美国影集DVD看完。

可是,就算睡到正午时分,身体重新启动,醒来后仍不觉得精神饱满,只是满心烦躁又口渴得不得了而已。

但是她却很满意现在的作息,已经节食半年的身体,起床后并不会感到饥饿,甚至对食物有排拒感,整个午后也可以光喝饮料和包装水度过,这段时间芳仪打开电脑上网,同时开着电视,她通常把频道转到外文台,因为前一天她喜欢的占星节目跟娱乐八卦节目大多都看过了,所以不看重播,开着外文台的频道,不看荧幕的时候让影片里的对话嗡嗡流过,说是学语言的好办法。

念五专时在学校上了两年的日语课,芳仪也常和交往中的男性去日本旅行,她穿浴衣的照片很可爱,现在看着五十音图却都读不出来了。

等到皮肤老化的元凶大半沉没以后,芳仪才开始在手机里挑选要跟哪个人吃饭、去哪里吃饭,她迟迟没去找下一份工作。虽然芳仪不和任何人同居,但必须回到妻子身边的男友们总想替她付房租,她的账户里每个月会收到三或四份房租,做完爱愿意替她把卡费账单拿去楼下便利商店付掉的男人也多得是。

芳仪现在只想找文绮出来吃饭,几次兴冲冲地邀她一起吃晚餐。

"等你下班我去你们公司附近等你就好啦。"

可全都被文绮淡淡拒绝,芳仪每每在心里冷哼,恨不得能教训这个女人,给她点难看,她才知道我的厉害……

怀着怒气听完文绮的说法后,芳仪总是下定决心,再也不管这个女人的死活了,但不满很快又会转为好奇,她就是忍不住定时地打文绮的手机,在电话里一派热情地聊些网络新闻上看来的话题,还有最近自己新添购的服饰和想做的发型,结束电话前又依依不舍地要问文绮最近有没有空见面吃饭。

应答简短的文绮所透露的生活内容,加班、出差、见国外客户,令芳仪又羡又妒,好几次幻想是自己轻松自如地说出那些为人滥用,却和自己完全无缘的词汇。

芳仪很羡慕文绮。

但只要想到在知名企业工作的文绮,也不过是自己的五专同学,芳仪就会升起一股不知哪来的自信。当初五专联考的成绩不是一样的吗?这就表示自己并没有比文绮差吧?

现在穿着高级套装上下班的虽然是文绮,却也间接证明芳仪有同样的能力。

其实她们从来没熟过,上学期间,甚至难得一起上课,芳仪对当时的文绮没什么印象。几年前芳仪开始在台北工作时,却找来毕业纪念册,硬把家住台北的文绮叫出来,拉着她陪自己去逛街买东西。

当时文绮在南阳街的补习班打工,当重考班的招生助理,芳仪总是打电话到补习班命令文绮出来陪她,不过这只是刚开始的情形,后来芳仪又找到几个同样在台北工作的同学,认识了新的男男女女。

只会静静听她一个人说话、不太应和她的文绮就被芳仪剔除了。

反正文绮就是交不到男朋友,这不能怪我吧?

当时芳仪对文绮的评价就是这样的。

女人给女人打分数的时候,对方的个人特质如何、身材长相如何，都可以是其次的其次，和什么样的男人在一起才是主题。反正文绮这个人身上从没有男人的影子，而芳仪从初中时代开始，就是恋情多多的漂亮女生。

轻松的恋爱是芳仪二十五岁之前主要的生活。

可是，现在她好像老了一点点，尤其是和肌肤丰润的小女生相比。

朋友多半结婚生子，剩下几个单身的，不是在筹备结婚，就是已经和芳仪疏远。

有个不太熟的同事被常来消费的女客说动，离开百货专柜到中山北路上班，竟劝芳仪也去试试看，芳仪当场气哭了。她没想到自己竟会被认为适合去酒店工作，再说，去酒店上班就得被自己不喜欢的男人亲亲摸摸不是吗？凭什么我就得让讨厌的人上下其手？

对芳仪而言这是个很大的打击。

真的很奇怪，虽然她也尝过被男人抛弃的滋味，但真正带给她打击的，却都是些没有她好看的女性。

譬如文绮。

拨了文绮的电话,迟迟没有人接,在手机铃声转入语音信箱之前,芳仪切断了通话,努力回想上次和文绮通话的内容,她用命理节目看到的星座一周运势和最容易少年得志的面相资讯填满了两人谈话的空当,文绮含糊应和的"嗯、啊"则成了遥远的配音。

芳仪突然意识到,当初并不是她剔除了可怜又交不到男朋友的文绮,而是她被文绮给剔除了。从她打电话硬从补习班里把文绮叫出来开始,文绮就没有正眼看过她,也从来没像她一样,把自己的生活和盘托出。

芳仪在电脑里剪贴着阿聪上星期六帮她拍的一系列只穿小裤裤的性感照片,一长串只秀给版主看的秘密留言中,填满了口水流满地的陌生网友自愿奉上的手机号码和 MSN 账号,等着整批照片上传到博客的空当,芳仪重新拿起手机打了一通电话给文绮,待电话一转入语音信箱,芳仪便猛然吼道:"你这三八干吗不接电话?我是徐芳仪!"

文绮趁开会的空当听了这则留言,信箱语音询问是否删除，她却选择保留，她相信自己还会有兴趣听好几遍，尤其欣赏芳仪最后自报姓名的那种阔气。

虽然搞不懂芳仪怎么会突然发作，但文绮可一点都不惊讶，当初在台中念五专的时候，芳仪就习惯纠众行动，向来想说什么就说什么，反正长相漂亮受欢迎，也常在课堂上和老师斗嘴。同学们总是看芳仪的脸色行事，假日还逃不了她的控制，簇拥着去参加女王主导的联谊。

又或许，其实只有自己想逃，班上其他的同学，无不渴望与女王亲近。

整个五专时代，文绮记得芳仪只和自己讲过一次话，是问她在台北有没有亲眼看过什么有名人。当时文绮的回答大概让芳仪觉得无趣，她记得芳仪很响亮地打了个喷嚏，顺势转过身去跟别人说话了，好像从来没问过她什么，对她才不好奇呢！

五专毕业那年继母过世，文绮发现爸爸变成邋遢的老男人，还和隔壁的家庭主妇偷偷交往。弟弟跟继弟同年，感情倒是满好，一起长成了偷偷抽烟的高中生。家里小得没地方住，男孩铺着棉被睡地板。

文绮找到一个重考补习班的工作，补习班租了破旧的公寓当重考生宿舍，她搬到里面住算是舍监，她咬牙把薪水分成两份，一份交给爸爸，剩下的那份生活费又硬拆成两份，能存的就存起来。

她总趁着晚上去超市，等着买打折又打折后促销的水果。南非红地球葡萄，最后一袋可以卖到很便宜，整袋都是单个剪开，枝蒂分离的果实，超过一公斤的最后一袋，十九块。

被人捡剩的黑珍珠莲雾，店员随手凑成十个，贴上十元的标签纸，粉红清脆的莲雾裹进透明塑胶袋里，分外矜贵，因为那是她不该拥有的，只付出了最小的代价，也无异是亲手将它们摘下，骨折多处的两把青江菜挤在同一个小塑胶袋里，只要一个五元硬币。

为了避免花额外的钱，每次迅速买完折价的青菜水果，她就拿出集点卡立刻结账离开。

二十四块。只要二十四块钱。她可以吃十天。每天用小电磁炉烫好面条跟几片青菜，淋些酱油，再用另一个塑胶盒装点水果,水果切片是餐盒的重点,一起打工的女生都一边吃着麦当劳,一边说她的午餐看起来好好吃,她们不知道她宿舍的床铺下有一箱干挂面,她每个月初都买一箱回来。

补习班的工作,主要是打电话拉学生、想办法在教室多塞位置、每堂课点名、查考英文单词、监督模拟考、盯晚自习。每堂课的老师都是花大把银子请来的,四处跑马的名师一堂课上完,便带着成捆的现金去地下室取车,接下来又杀到别处去上课。

文绮总跟着她带的班一起上英文课,其他的不想,就想考雅思,她想出国,不要去美国,去英国,听说五专毕业生去英国两年回来就算硕士了。她背字典,字典纸翻得愈来愈薄又仿佛是愈来愈厚,生活的痕迹一层层的。

她有梦,说起来很现实,她的梦就是赚钱,还想获得赚更多钱的能力。那个冬天她插班考上大学的第二部,夜里上学,白天打工。留学真是出乎意料的昂贵,她想要更好看的学历,只得办助学贷款去买大学文凭。

她也有不甘心的时候，就是看家长到补习班门口殷殷接送那些小她两三岁的学生时，她隐隐有点不甘心。小胜说得对，说她喜欢自找麻烦，个性强，又偏偏爱钻牛角尖。自己没有的东西，赚钱就买得到，想要生下来就有人死心塌地疼爱，那是自找麻烦。

其实她也想要小胜，但她一开始就被自己否定了。

小胜小她三岁，住同一个区，是弟弟们的高中同学，从她毕业回台北就常常黏着她四处跑，小胜的女友蓓蓓也是他们的老邻居，家境平平，初中起就辍学离家出走了两三年，现在是酒店小姐。

文绮记得小胜，是因为蓓蓓令人难忘，蓓蓓从小一向很美，不是芳仪那样甜净俏丽，却是细致皮肤修长身材，明眸皓齿的美。

和小胜做爱是文绮的第一次，其实也不觉得珍惜，也不觉得被占了便宜，只是小胜大白天来她简陋的宿舍房间找她，两人说着话，想起从幼时便以美丽闻名的蓓蓓，文绮不觉满心烦躁，想要拥抱。

对于两人的关系，小胜流露的表情也不多，文绮无心去懂，或者说，曾经想懂，可是自觉失败以后就不想懂了。在心里，她常常跳成另一个角色去安抚自己，对自己说没关系，反正有我在，我疼你，那个角色比较理性，宠爱着软弱可怜的那个自己，会对自己说不断保证的话，还偶尔允许她买很贵的巧克力。

和小胜，明知不是谈恋爱，却又说不出到底是什么关系，那时她还没想到"炮友"这两个字，或许把炮友的关系具体化两人都会比较轻松，不过当时二十一岁和十八岁的两个人都算很憨慢，小胜也不认为自己有两个女朋友什么的，说穿了他根本也不认蓓蓓和自己是男女朋友，他和蓓蓓大约也有一脱拉库*说不清楚的鸟事。

文绮呢，则是朋友的姐姐，好像找到了什么借口，更可以撇清，却又更不清不楚，就这样混沌，两人倒是愈黏愈紧。

分别在十二岁与二十岁送走两个母亲的文绮，第

---

* 即 truck，一卡车，表示很多。

一次交到了世界上最好的朋友,她喜欢小胜对自己敞开了不逞强而又无防备的身体,是第一个坦然让她看见种种微细的一个"他人",经由小胜,她也第一次确认了自己的身体,在他身上学会了如何容纳男性,将对方的能量转化成欢愉。

文绮感到少有的自由,在小胜面前没有什么不能说不能做。她流露出种种非常幼稚的一面,在他面前总是多话,甚至在说话之前她常常都不知道自己脑袋里有那些念头,幸好心里还有另一个文绮是冷静的。

至于蓓蓓的存在,小胜能避着,文绮当然也能,蓓蓓清灵而放肆的美貌一直被文绮放在心里,她相信小胜当然背负得比她更深,他俩都别无选择。

这段关系中,文绮最最世故的行为,就是避孕,只有这件事让她还牢牢地与现实生活相系。回想起来,文绮深信自己之所以没有彻底迷失,就是因为她还知道要避孕,并且非常坚持。

就在此时,芳仪到台北来了。

原本文绮是对女王一点兴趣都没有的,但为了小胜,或者更正确地说,为了蓓蓓,她对芳仪的生活充满了兴趣。

芳仪会突然跑到台北找工作,是为了逃避跟之前的男友结婚。

就连从不闻问八卦的文绮也知道,五专时代末期,芳仪交了一个稳定的男友,那是个年近三十的上班族,足足比她们大了七八岁,对方有车、有独居的公寓,与之前那些交往不久就得毕业当兵的学长不同,那人就等着芳仪毕业结婚,芳仪毕业后没收到幻想中求婚的钻石戒指,却被带回男方台南老家遭受一群年长女眷评头论足。

芳仪的家人出面替她谈了婚事,没什么闲钱养女儿,当然不留她,芳仪却撂下一团乱,一个人跑来台北,在百货公司找到工作,她也很喜欢那个被名牌堆砌的环境。

文绮去见芳仪,是出自生手的好奇。

她这个生手却意外地发现芳仪仿佛对男人一点兴

两个世界

趣也没有。她会夸耀交往中的男友高大好看、对自己火热追求，也不避讳谈性事。

但在文绮眼中，外貌与异性缘都拿了高分的芳仪，并不迷恋男人。

眼看芳仪根本不知道迷恋的滋味，文绮有掩不住的失望与嫉妒，又怕了自己的执着，她试着接近一个从南部过来立志要考医学院的光头男生，两人的性却没让她有一点点感觉。这是第二个男人，却又好像什么都不是，后来光头男生顺利上了台大，头发也长出来了，不再是光头的男生没有成为她的男友，但一直自认是她的男人。

她也没余力管他。

夜校的功课越来越重，文绮的班主任为了省钱开始让文绮兼课，芳仪不再逼她出来。

小胜开始不见她，也不回家，文绮没问那对毫无血缘却犹如双胞胎的弟弟，他们则从不表现出有所知情。文绮找小胜，打手机，大约一周拨打一次，连着两个月都没人接电话，最后小胜接了，问她究竟找他干吗?

文绮没能出声。

电话那头沉默了大约一分钟,就切断了。

没关系,有我在啊,我会疼你的。

我会照顾你好好过下去。

名师那一套文绮都做笔记,全学年的进度她都胸有成竹,但缺少一种火热的煽动力,精彩的笑话给她说得索然无味,要当名师是不可能的,却也总算拿到全薪。

大学毕业以后她只挑外商公司去应聘,开始上班一年内就把助学贷款还清,弟弟们同梯入伍去了,老爸和隔壁的太太同居(隔壁的先生在哪儿啊?)还住在老地方。

和芳仪重逢则是三个月前,她去百货公司买保养品,夏天疏于防晒,她皮肤上斑斑点点直冒,突然手机响了,接起来是芳仪打的,芳仪远远看到文绮,拨电话确定一下。

没想到芳仪还留着自己的电话,文绮惊讶中有一丝怅然，这几年也没换过号码，仍是为了小胜。

可小胜不想重逢，他从不自找麻烦。

会议结束后，文绮到走廊里拨电话。

"我是李文绮。"

"你留言听了没？"芳仪怒意冲冲的。

"听了。"

"听了还打来？"

"你不是叫我打给你。"

"哪有！"芳仪笑了出来，心情痛快很多。

两人在一家泰国菜餐厅里碰面，芳仪猛打量着文绮，不丑嘛，总有个男朋友吧？

文绮只是微微笑，笑容和脸上的雀斑很搭，她有种从职场竞争中精炼出来的好气质，成熟，优雅，富有进取心，她真心称赞芳仪精致的妆容和亚麻色的鬈发，聊着彼此对泰国的印象，总觉得气氛很好，菜也好吃。

芳仪放下防备，文绮的赞美让她感觉很愉快，飘飘然，仿佛又回到青春时代，偶然和教官顶嘴，做点稍微越轨的打扮，引得身边的同伴崇拜又艳羡。

可是她还有很多烦恼想讲呢，阿聪要她照着博客上的留言打电话去约网友出来见面，原本她觉得很好玩，但成功勒索两个人以后，阿聪想把规模弄大，还说要找他另外认识的女生一起做，另外认识的女生？应该是其他那些跟他有关系的女生吧？

芳仪恨得把只穿着一条内裤的阿聪赶出去，可是阿聪真的很会拍照，为了想拍自己新做的头发，芳仪又打电话叫他过来一趟。

你说说看嘛，还是把小套房卖掉去日本读书好吗？想很久了，其实也借此收过百万元的分手费，但是没多久又都花光了，花在哪里？不知道耶，就是去滑雪了嘛。

真的想不出花在哪儿了，现在只剩下衣橱里几个内里肮脏发黏的名牌包而已。

文绮倾听着芳仪诡异的烦恼，觉得心里蠢蠢涌动着什么，好像小虫钻动，看着芳仪，心里柔软又刺痛，仿佛面对可爱的小狗小猫时，心里常会浮现的那份温柔烦恼。觉得好可爱，又觉得好麻烦，好脆弱；一下就会饿，一下又要拉了吧；会弄脏地板吧，会死掉吧。

文绮听见自己说，没关系，有我啊。

芳仪先是绽开笑容，又有点慌乱，真的吗？

真的，我会照顾你啊，我会陪你好好地过。

芳仪神往地举杯微笑，又似乎正半仰着头，嗅闻着不知从何处飘来，空气中看不见的甜香。

——写于二〇〇八年夏天

浮浪

一踏出新大阪站，申就被"亿万长者"的广告包围，顽强抵抗春寒的广告女郎穿着丝袜和短裙，正在分送"亿万长者"的面纸包。

接过来一看，是推销高额彩券的，买彩券是变成亿万富翁最快的方法。

午前时分，连通新大阪站与梅田站之间的地下通道开着暖气，通风不佳，竟闷出了说不出的怪味，申半掩着嘴，先用手机跟藤木主任说好前去拜访的时间，又拨到天王寺询问清水的消息。

结束电话后申有点出神，往来行人的脸孔从地下出口一阵阵浮涌上来,每张脸都带着一个小小的故事,像花花绿绿的邮票,寄送到未来……申在时间中漂流了一小会儿,饿了。

申身板高大,有发胖的倾向,两小时前下肚的飞机餐却只是区区的鸡肉炒面、小块水果、一个撒了椰子粉的可可蛋糕、一小盒牛奶软冻。

前往市区途中,他由电车车窗鸟瞰大阪港,看见阔别数年的海上浮出大块的逸蓝色,填海部分插上的旗帜在空气中强劲地翻飞不断。也许是透明的海风拍醒了他对关西的回想。

想吃热腾腾的白饭和渍菜。

味觉着陆了。

拜访客户前,申独自在地下商店街吃午饭。吃煎饺蘸蒜味酱油、大碗的狐狸乌冬面,和大碗的"新香"套餐,新香是指用米糠浅渍入味的新鲜蔬菜,茄子的玉紫和黄瓜的青绿在瓷碟上散出荧光,畅快地用牙齿将清脆的渍菜咬碎,再配着松软喷香的米饭一起吃下,最后再饮用近于冰冻的甜麦茶。

碳水化合物加碳水化合物加碳水化合物,是饱食满腹的快乐。

吃肉,又是另一个层次的事了。

到饭店办好入住手续后,他才换上西装,叫车到客户处拜访,处理合约的藤木主任带他参观了近郊的第一工厂和仓库,晚餐时则和对方的老板一起吃乡土料理,饭后一行人转往北区饮酒。最后申是由藤木主任搀上计程车送回饭店的。

说来奇妙,无论申如何酩酊大醉,计程车一抵达目的地时他就会自然清醒,这次也不例外。

向司机要了收据后,申试着稳步下车,而值班的门童恭谨如常地给他开门,仿佛没看见他的醉态。

淋浴后他草草擦干身子,一钻进洁白的床褥就睡着了。

睡眠是干涸多渴的,边缘有些雾丝羽状的粘连物,熟悉却叫不出名字,只是紧紧依偎在他颈边乞讨他的气息。

他梦见……他不记得自己梦见了什么,不过,当他从醉酒的昏睡中渐次清醒过来的时候，把饱满的被浪错看成女人温柔的侧腹了。

天已亮，躺在床上就能瞥见窗帘边角那块不规则的天空。

六年前，他在大阪的语言学校学日语，多数同学接下来要前往各地升学，申则是少数要直接离开日本的人。带着离职后的积蓄到日本学日语，申比班上同学平均大了好几岁。

深秋的街上很冷，路旁两排银杏的黄叶剔透如水晶，在清亮的空气中盈盈闪动，他不太留恋美景，相反地，光想着要回温暖的地方生活，就说不出地高兴，申不是很浪漫的人。

"申君没有继续念书的打算吗？"日语老师问他。

"我已经不是学生的年纪了，目前只思考就业的事。"申客气地说。说是思考就业，但其实他心里最为想念的，是回台湾肯定要吃的烤番薯。这里的萨摩薯，烤起来几乎没有水分，紫红薄皮下的瓜瓤炙熟酥化，金沙般澄黄松软，吃在嘴里却一点都不是味道。

"离开之前好好享受这里的生活吧。"老师说。

当然，这里的无花果非常好吃。在短暂的无花果季节里，申每天都吃半打和歌山产的新鲜无花果。

既已决心返台，申便不像初来时那样专注用功，考完检定考，申开始到那家有大绿色招牌的业务超市打工。补货包货，站收银台。

他打电话给外婆说："阿嬷，我在日本杂货店做事啦。"

外婆说："啊呦，那不如回来帮我看店哪。"

业务超市，顾名思义是贩卖业务用的大包装食品和民生用品，然而前来采买的顾客仍以家庭主妇居多。

杯子蛋糕，一公斤装，不知买回去是应付孩子们的点心时间，还是连三餐都包办了。Q比美奶滋，一升软罐装，这种偏酸的美奶滋是申的新宠，几个人合租的公寓里，就只有他分到的那层冰箱里藏了一罐，上海同学用过，以为坏了。

浮浪

中国进口的冷冻花菜、冷冻青江菜，各一公斤装，申炒菜时掺着碎冰碴一把抓出来扔到热锅里，油锅喷得嗞嗞响。申总是着意在塑胶包装上写着小时候学过的地名，芜湖农场，苏州农场。中国农场种出来的土瓜土菜，漂洋过海而来。

中国草莓，冷冻，一公斤装，艳红近于绮靡，果实硕大，一拆包装就喷出野果的浓香，实际却是酸涩得扎舌。草莓籽粒在表皮密密繁生，厚积成层，几乎妨碍咀嚼。煮果酱则浪费糖和瓦斯，单吃则太折腾人。只有法国来的米歇尔能把它当作冰品啃下。

纸盒包装的一升清酒，是夜班时急速贩卖的人气商品，常常门口才叮咚一响，还没来得及看得清来人，两升酒已经"咚""咚"分别落在收银台上，穿着连身工装的劳动者掏出脏软的钞票付账，匆匆抱着酒离开。

那种酒，酒精浓度大约十度左右，清澈得跟水一样，滋润圆熟，好一点的回味甘甜，坏一点的则有些米饭发酵的隐臭，却易于入口。没喝两杯就上头了。

昨天喝的是威士忌。

申想移动，才坐起来就觉得肠胃有些窒塞不顺，胯间的小弟弟随着他起身的动作，迅速躲回他的肚子下缘，像驯良的小动物一样懂得进退之道。申确认了下自己的肚腹，过去结实的腹肌已经化作无害的软肉，妻子倒是未置一词，该感谢妻子的容忍呢。

"真是拿你没办法。"申隔着腹肉，对自己的小弟弟说。

打开电视，一早的娱乐节目已经开始了，荧幕右上角显示着六点十二。艺人、评论家、前奥运金牌得主齐聚一堂，对当天各大报纸的头版新闻各抒己见。

申一碰冷水，便反胃起来，吐光昨天的晚餐和在酒馆里吃的小菜以后，他觉得好多了。今天只要再看一处工厂，公事就算结束了。

今天就能确认清水的生死了吧。

申想着，手里已经拨通了天王寺附近一家廉价旅馆的电话。

藤木主任跟申约在饭店吃早餐,申先吃了味噌汤和玉子烧佐白米饭,当藤木主任喝咖啡吃面包时,他又吃了两份蔬菜蛋包和可颂,同时看了藤木带来的报表。

饭后,藤木主任约好的车辆恰好抵达,接两人到隔壁县的第二工厂,藤木主任预留的用餐时间和司机抵达饭店的时间,如同呼吸般流畅,恐怕是申自己接待客户时永远做不到的。

是欧洲资方的坚持,申才促成日本工厂加入,但藤木的诚意却也不容抹杀。两人虽不相熟,但也称得上是在商场上认真交手过的伙伴了。

"申先生的日语说得很好。"

"哪里哪里。"

工作上,申尽量说英语,就是有意避免听到这句话。

在亚洲工作,双方通常放弃母语而用英文对谈,如果说日语或中文,就得这样地敷衍着。

"平日早餐就吃这么多吗?好大的食量。"

"让你看笑话了。"对申来说,这才是褒奖。

当时,申每天要吃完半条吐司才去上课,吐司抹上Q比美奶滋，再配五个炒蛋。米歇尔说，法国人的早餐只吃甜的东西，因此他买回现成的易开罐红豆馅，抹在面包上，蘸着马克杯里的即溶咖啡一起吃，说很有日本风味。

中国同学劝申，还是要做些高薪的工作，要不，能吃到员工餐的地方也不错，于是领他去北区的烧肉店打工。

北区比南区时髦很多，酒吧和夜店出入着华丽不可方物的男妖女妖，有日本人也有西洋人，昼夜玩乐，出入以敞篷跑车代步，天冷就披着貂皮，天热就裸着身体，光华万丈。他们跟凌晨时分一个个逃出酒店，或在路旁睡倒不起的上班族、粉领族不同，他们是夜里的天女和王子。

申在烧肉店工作了一个礼拜，睡眠不足，店里的金发河童男把肮脏事都留给华人做。深夜骑脚踏车返家，途经鬼域似的寂静住宅区，静得叫人头皮发麻，星火点点的公园更吓人，即使知道那只是游民露宿，也怕。

那一周，每天早上九点的作文课他都是闭着眼睛度过的，他是舍不得缺课，至于中国籍的打工族则是怕缺课过多被语言学校退学，因此他们无论多累，都还会准时到校，到了课堂上再睡。

最后申宁可回业务超市打杂，准时下班，拎些店里的饭团回家吃。

在繁华街工作的中国同学收入高，舍得外食，还谈谈恋爱什么的。米歇尔是某综合大学的奖学金交换生，平时当法文家教，收入不少，常买上等牛肉回来跟申一起吃，米歇尔煎牛排，申负责其他的菜色。

米歇尔的日文始终说得不够好，要说哪里不好，大概是太文绉绉所以不好。

"日本的世界像个完美的队伍，"米歇尔说，"即便安静，我也永远听到那阵不存在的哨声。"

申完全懂他在说什么。

从大阪到第二工厂，车程两小时，看工厂的时间只有一小时，工厂干部招待午餐，饭后又谈了快两个小时。不知是不是看出申心有旁骛，藤木主任让司机先送申回大阪市区，申在后座利用时间整理这次来日的报告，一面有意无意地等着清水的电话。

申离日前两周才第一次碰见清水。

申的住处很荒僻，往返路上会经过不少蓝色防雨布掩盖的纸箱区，那是游民的地盘。游民们无论晴雨都穿着连身工装和塑胶雨靴，做些领日薪的劳力活，公园等处的公共设施常被登山绳和蓝色防雨布占领。他们在粗布衣领里团着一条毛巾，黝黑瘦削的外形特别剽悍，几乎全是男性。

南方的老街区里，有好几家专门在贩卖和收购二手用品的典当屋，雨靴、工装裤、铜锅、铁壶。店家清洗拣择后将这些家用五金按型号排列在店头，店里贩卖的，还有些小提琴、萨克斯风、和服等不搭噶的东西，货源不知是来自典当还是偷窃。语言学校的前辈说，这种典当屋，连死者的遗物也能估算卖钱，一点赃物自然不算什么，游民就是这些东西的来源。

游民的确时常进出这些典当屋，他们蛰伏在城市底层，靠着市民抛下的残渣维生，市民却刻意别开视线，对游民视而不见。

申的外婆以前常讲流浪人的故事给他听，外婆说，那些流浪的人，起先也是好好地生活，有家，有父母，甚至有妻有子。谁料，有一天他好端端地走在路上，被一个僧人或道人，甚至是个相貌平常、不知从哪里冒出来的陌生人叫住，讲了几句话，就突然抛家弃子，走上了沿街流浪的路，跟亲朋旧友再不来往，相见不认，一双脚却走遍了大街小巷，在任何人的屋檐下都停留不得。

"我们觉得流浪人可怜，他却是在心里可怜我们。"外婆说。

申非常向往那些着魔般的神秘人物，却没想到这个故事原来还没完，等长大了，申才知道自己也是这个故事的一部分。

外婆的生父就是一个这样的流浪人。当年在鹿港街上，没有人不知道这回事，申的外祖公本是一个老实巴交的男子，传说有一日某个外来人找上他，交谈数语后，他便离开妻女向南乞行，外祖婆带着幼龄的外婆雇车去追赶外祖公，外祖公不言语也不认妻女，对他讲话、拉扯，他便躺在地上合眼不动，家人将他运送回屋，他趁隙脱逃……种种疯癫的情状令外祖婆几度气绝，最后斩断缘分，另嫁他人。

有人说他疯了，也有人说他走上了修行的道路。

外婆却说，她在十九岁和三十四岁时，都曾见过他。

在那之后呢？

在那之后，一定还会再见面吧。

外婆生前，天天坐在面街的老杂货店朝街上看，她自信能一眼就认出那个人，那个不再说话、遗失了言语的人，他从不多站一站，他的双脚不断走动着。

外祖公一直没有老去，也许今日还在世间行走。

十九岁那年，是外婆嫁人那年，跟别人相比有点晚了，这门亲事还是因为继父那边的一个无血缘的堂妹十分推拒，才轮到外婆身上的。外祖婆给外婆置的嫁妆只拿了一半出来给亲戚看，另一半都缝在她贴身小衣里藏着，单单给她一个人。外婆说，在待嫁的日子里，有个看不出年岁的男子，曾来帮她担水。

来了两次。

他脚步很利索，也不说话，挑完水后，很快就走了。除了外婆一个，也没听谁提起过他。

迎娶当天，外婆没坐上轿子，吹打的人簇拥着新嫁娘一起行走到镇上。好事跟随的面孔中，那人模糊也在的，之后就不曾露过面，消失无踪。

"那个，会不会是外婆婚前的男朋友？"申的姐姐悄悄说。

申白了她一眼。

寄人篱下的少女，没人给她安排亲事，被耽搁在家里打扫做饭拉拔弟妹。失踪多年的父亲，想来总比堂妹推掉的亲事更可靠、更值得依恋吧。

外婆嫁得不坏，外公虽是三男，为人却勤奋稳当，很受看重。婚后，男孩女孩都生了几个，外婆三十四岁那年，厄年，外婆的母亲染病去世了。

外婆重孝在身，把几个孩子丢在家里让妯娌帮忙照看，自己用背巾把幺女（申的母亲）缚在胸前拉车返家，一路爬跪入厅。她知道母亲死后这个家与自己也就此切断了。

外婆说，那个人在送葬的队伍里走着，没有老，好像还更年轻了。

那人看着孩子，未发一语。

外婆讲起这件事，说，申的母亲当时眼睛滴溜溜地和他对看，就笑了。

外婆大约至死都在等她流浪的父亲，她拒绝儿孙辈提议的一般寻人方式或是查访，只是日日精神抖擞，等申的舅舅把杂货店门开了，自己整日在门首端坐。拨盘式电话就摆在旁边一个红漆木凳上，一天总要接好几通，有时小辈们想到了也打电话来，胡乱说些傻话，阿嬷爱老虎油哦，亲一个，凤梨干给我留一包哦，还有弹珠巧克力啦拜托。

为什么不去打听他的下落呢？

"流浪人有流浪人的规矩。"她说。

来自中国的学生都说，这里的游民都不像是会犯罪的，可能因为破产了没钱没地方住吧。躲远点就没事。米歇尔说，法国的乞者很多，但他们会唱唱歌，跳跳舞，骗骗钱，他们身上流着吉卜赛人的血。

"你能不能想象那样的生活？"

"我？除非我疯了。"米歇尔笑出来，"我们说一个人是疯子，会说，他被贴了邮票。"

那外婆说的故事，就是给人贴上邮票的故事了。或那张邮票人人都有，只怕碰上一个打邮戳的人……

初春，许多人已经先一步离开大阪，申返家的日期也定了。有个假日，他带着送不出去的几件东西到最近的典当屋问价钱，不光是为了将手上的旧物脱手，也借机偷窥他早已存疑许久的角落。

他就在那天碰见了清水。

从日本回去时，是二〇〇八年的春天，景气正好，申没费很多工夫就找到一份适合的工作，美商外贸公司，订单来自世界各地，主要商品需求则是亚洲各国出产的各种制品，包括餐具、寝具、装饰品，等等。

他写信给清水的家人时，虽留了通信地址，但没有预料到会收到回函，对方还坚持要见申，想必是盼着从申口中问出更多清水的消息。

申想不出见面时该约在哪里,便跟对方说好在车站内的咖啡厅里碰面。在向清水的妹妹跟母亲打过招呼后,他不知该说些什么,隔着车站的玻璃帷幕,光线过曝的室外反而似水族缸,人车的动静都在光线折射下游曳不定。

清水的妹妹肤色黯淡,却有一张漂亮的大嘴,齿如编贝,掀动嘴唇时特别好看,清水的母亲乍看年轻,但皮肤上已有细致的折痕,精心修饰过的脸庞,下颌处也已呈现难堪的波浪状。

"我哥哥在日本过得好吗?"

"他过着自食其力的生活。"申在信上再三斟酌后,是这么写的,也就脱口而出了。但这对清水的家人来说显然远远不够。

清水的妹妹提高嗓音,口气相当不满:"我妈妈一直想我哥,想去日本找他,为什么你不把他日本的地址给我们?"

"我没有他的地址。"虽有些狼狈,申仍沉着地回应。

浮浪

"他在哪儿？为什么不回来？"清水的母亲绞扭着手，泪水从墨黑的眼线里冒出，一下子就濒临崩溃，申发觉清水的母亲是个神经衰弱的女人，清水的妹妹也不太正常。

清水的家人比申预想的不可理喻，申与二人见面的行为，显然太过天真。

"总有一天他会联络你们的。"

"我也不知道更多情况了。"

最后他是这样逃走的。

由于和清水联络不易，申曾担心他们未来是无法见面了。

清水似乎也是这么想的，才会请申联络自己在台湾的家人。清水说，他的身体状况并不好，是在外露宿和喝酒造成的，但他已经决心到风尘街好好工作，即使不免要受到黑道的关照，也不会后悔。

那天在典当店里，申和店主交涉价钱后正要离开，清水很粗鲁地叫住申，问他是不是台湾人。

申的室友都已经前往各自升学的地方，先搬走了，申邀清水回家，并且力劝他在公寓里洗个热水澡。清水去洗澡时，申用大同电锅煮了菜饭。切片的腊肉和青江菜加蒜油炒过，再加入淘好的白米拌炒，等生米也炒出油光，再一起放入电锅里炊熟。

他还用韩国同学教他的办法煮了一锅汤，泡菜和辣椒把汤染得通红，接着端上冰箱里的卤肉。

清水从淋浴间出来时，穿着申的衣服，袖口和裤管都卷了好几层，头发已经洗过吹干，跟入浴前比起来整个人仿佛缩小了一圈。

两人无言吃着过早的晚餐，看春日的夕阳一点一点西沉。

饭后清水匆匆忙忙地走了，说他要去夜间工地打工，离开时清水带着申做的饭团，还珍惜地把自己换下的衣服带走，但在申看来，那只是好几层破布罢了。

清水第二次来的时候，申已经打包好行李。他们就在空荡的起居室里随意聊天，邋邋地吃着鱼干喝着啤酒。

浮浪

清水的中文有些生涩,口音稚拙。"我生父是日本人,我母亲跟日本人离婚后,带我回到台北,又生下妹妹。我初中毕业就被送去东京投靠生父,念专门学校,在学校被欺负,就职也不顺利,不知不觉就变成浮浪的人。"

"为什么不回台湾?"

"刚开始是因为不想当兵。你当过兵吗?"

"嗯……"

"当兵不好过吧?"

申嚼着鱼干,思索着该怎么回答,其实来日后,他常在心里比较自己当兵十八个月和在日本这段时间的经历,这两段时间都仿佛是移民异地。当兵时,申总想着吃,那种想和这种想却不一样。在日本他吃得不坏,只是每样东西都和他熟悉的模样稍稍错开。同样吃一顿煎饺,日本的饺子和他真正想吃的饺子就是有所不同。即使他自己煮饭炒菜,不知道是食材还是风土不对,尽管各样材料都齐了,煮出来的菜式仍然淡淡的有赝品之感。最后申才懂得,不该在这里找寻熟悉感，只要承认一切都是新的，一切也都好了。

在部队，吃仍然吃得饱，吃的概念却仿佛是千百倍稀释过的稀薄，陈米煮成的饭，黏性很少，汤是酸笋煮排骨，几样当令的蔬菜，这些在大镬里会烂糊掉，在汤锅里也烂糊掉。那是个一切都走味的地方，军长的命令从上往下传，不知是越传越不像人话，还是起先就不是人话。因此大家苦思的都是一点翻墙逾矩的办法，学了很多偷鸡摸狗的事，当时的女朋友说他气质变得很差。他有一阵子天天被叫嚣怒吼去干狗或被狗干，还发现男女性器的俗名原来有十多种之多，气质无论如何是好不起来了。

"当兵至少还可以常常睡在屋顶下。"最后申只是这么说，"你睡纸板屋吧？"

清水出神地咀嚼着食物，啤酒的白沫还留在嘴角："请帮我带话给母亲和妹妹，他们可能以为我还在东京的生父家，但其实我早就跟生父决裂，离家出走了。"

"你在外面怎么生活？"

"每个地方都有一个头头，在那个范围里，要听头头的话。"清水含糊地说。

"你记得台湾吗？"

"我喜欢台湾。幼稚园的时候，老师给大家吃点心，排好队，每人拿两个杯子，老师在一个杯子里装一大勺羹，羹汤里头有红萝卜丝、玉米、火腿丁，甜甜咸咸的。另一个杯子里装了小飞机饼干、数字饼干，饼干上面会有一点盐粒，仔细看，很美。"清水起劲地说，"离开台湾前，我妈带我去吃了一碗土魠鱼羹，你知道吗？那跟我在幼稚园吃的点心竟然是一样的味道。"

"你离开台北的时候是几年前？"

"大概十五年前吧。"

"你不想回台湾？"

"如果我要回去，就得以日本人的身份去生活。但是，我回日本以后，一直想台湾。等我回台湾，又会一直想着日本。我知道。"

"你的中文讲得很好。"

"你夸奖我，就表示我讲话不像台湾人。"清水略赌气地说。

申微微一笑，这样直接，其实像台湾人哪。

二〇〇八年十月，以美国为中心爆发了世界级的金融风暴，欧元美元大幅贬值，日币虽居高不下，但外销产业碰壁。申的公司在美国的总部被切分出售，整合后倒悄然萌发了新的生机，申被调职，薪水降了，幸好他那年找到的印尼工厂完美地生产出欧洲某大名厂需要的断热雪衣内衬，让他在公司改组合并后仍站稳脚跟。

新加坡办公室有个女同事很喜欢他，申几乎是被她的那份情意牵扯着去约她，跟她走在一起。那两年中，他虽然也常常想起清水，却只是几次打电话到天王寺去，那家廉价旅馆的经理有空时会帮他去附近转转，打探清水的消息，有时过了一两个礼拜，才通过邮件告诉他清水的近况。

二〇一〇年，申和清水见过一面，清水当时在南区的风化地区谋生，那一带有橱窗街，是女性穿着和式艳服坐在橱窗里，意者可以进去交易。他邀清水一起去钱汤洗澡，又去附近的小居酒屋吃饭，店里的酒客多是橱窗街的顾客，用完酒饭就离开。

清水越见瘦弱，更显出他有一张孩子般单薄的脸，两人用中文和日语开着有趣的玩笑，爽快地喝了一夜的酒，莫名其妙地，申就没对他提自己刚结婚的事。

年底，外婆做了次手术，恢复期间还要常去不同科室回诊，看诊后，他有时边开车边问，今天去吃土魠鱼羹再回家吧？外婆一定会说不要了，家里有人煮饭。

但她又赶紧央求申把副驾驶座上的小镜子给她翻出来，小心摸索出包包里的口红，一心一意地往干燥的嘴唇上涂抹。

从小他就觉得外婆的脸像个敦实的小红番茄，擦上豆沙色的唇膏，外婆的番茄脸更显笑眯眯的。

外婆最后一次提起那个浮浪世间的生父，是二〇一一年初，在医院，家人刚替她办了出院手续，要带她回家过年。外婆的子女和内孙外孙都到齐了，外婆眼神悠远，说："我不怕，他会来看顾我。"

那个流浪的人啊。

守丧期间，申时常听姐姐和表姐们谈论外祖公的故事，大家记忆中的情节竟有许多不同之处。外婆的几个孙女中，有人特别多心，说外祖公一定是爱上别人才抛家弃女，申的姐姐一边捉拿着她那个皮到没辙的小儿子，一边说，若是外祖公另有家庭，我们便有相同血缘的亲人流落在外，就和韩剧一样，彼此对看，却以为是陌生人。

舅舅的儿子们说，家里有流浪倾向的是申，辞职去日本读书，阿嬷好担心他就此不回来了。阿嬷说了好几次，说申长得最像她的爸爸。

申看着纸钱边缘辗转走着火星，没说一句话，有孕的妻子就在身边，他才没放声哭泣。

同年春天，日本的震灾海啸和核灾惊动全球。天王寺那边传来的消息只是：平安无事。

孩子出生后，申和妻子就像搭上了一辆拥挤的长程育儿班车，手忙脚乱，每日醒来都是旅途，他有时想起清水，就觉得自己还负担着什么，秘密地和清水共享着什么,只是在心里抓摸不到一点痕迹。

"五分钟内就会到了。"司机殷勤提醒。

申睁开眼睛,天色近晚,车窗外恰有满开的樱花随风吹落,空气都沾染上粉樱之色。生得太美,樱花自古背负着奢靡颓唐的种种情思。但对申来说,这份美,就像被春风催生、从天地间溢出的爆米花,无所谓痛惜或浪费,生来如是罢了。

"前面转角就到了,下车请小心脚下。"司机又一次提醒。

手机没响,天王寺那边一直没有消息。

申已经开始相信清水已经不在了,却又随时准备要在手机铃响的第一秒接起他打来的电话。

城市中的跑步者

很多人叫他张胖，因为他长得胖，奇怪的是，胖子一般给人的印象是快乐的，但是他胖得很忧郁。虽然才三十三岁，却已经有点秃了，并不是发线在前额上撤退的那种干脆的秃法，而是鬼鬼祟祟地出现在发顶上，一块阴森而且逐渐扩大的空白，偏偏卷曲的黑发无论怎么梳也无法掩盖。他在办公室里办公的时候，同事们都叫他张先生、张主任，当他偶尔不在跟前的时候，大家则叫他张胖、张秃，他胖胖的忧郁堆在脸颊上，堆在他 XXL 号的宽大腰身里头，他确实是一个好人，工作也做得好，肥厚的忧郁却阻绝了他和人群接近的机会,他的肥胖和忧郁可以说是一为二、二为一的。

从小他就长得特别胖,同学嘲笑他的时候他虽然很在意,不过也没别的话可以拿来抵抗,圆滚滚的身躯在这时候变得庞大又多余,是个无法躲藏的存在,久而久之,他和同学的来往全被抹杀掉了,因为没办法叫人不提起他的胖。大学的时候,所有的人都在忙着谈恋爱,张胖把没人缘又肥胖的自己用沉默包裹得非常完美,完美得连毕业之后都还没有人真正认识他,倒是很多人记得班上有个不说话的胖子。其实胖子并不少,而且张胖并非不说话,他只是不和人交谈,却时常喃喃自语,喃喃自语是为了让自己显得没那么害羞时用的,顺便用来躲开其他人主动和他说话的机会。

某个星期六的早上,张胖才刚到办公室,就发现许多男女同事都围着新来的阿光,原来是他穿了全套的休闲服,白色的棉质上衣配上蓝色的短裤,脚上是一双耐克的鞋子,上头大大地打了钩,衣服不只合称地将阿光的健壮身材表露无遗,更引来许多女同事的目光。阿光不无害羞却又带几分得意地搔着头，顺便展示他手上的网球拍："我这个人就是喜欢运动。"他一边说一边作势挥了两下球拍，惹得众人更加夸赞他那种潇洒的模样，什么话都没说的只有张胖和刚好经过的产务部的林小姐，林小姐脸上挂着她的招牌笑容一语未发地走了，张胖则默默地像平日一样穿过大家的桌子走进自己的办公室，关上门以后他对自己说："阿光昨天被产务部的林小姐甩了。"其实这不关张胖的事，谁在乎他们怎么了，张胖会自言自语只是因为他担心显露出自己的艳羡，那套崭新、潇洒的高级休闲服深深地印在他的脑海里，更不用说那双设计繁复、还带了气垫的耐克球鞋了，它上面打的那个钩，就像是在告诉张胖，这样才是对的，青春有活力，又充满了梦想。

那天晚上他走路到街角的录影带店租片的时候，禁不住注意到路上扛着滑板走来走去的年轻人，说年轻其实也不年轻了，都是二十三四岁的模样。头发染得燥如干草，颈上挂着银色珠链，橘红色的表还长了羽毛，衣服鲜艳大胆，牛仔裤的腰身低到臀部。张胖则穿着他平时在家常穿的宽松 T 恤和临出门时套上的特大号西装裤，迟滞犹疑地在一排排架子间穿梭。"先生，借过哦。"脚踩直排轮的长腿女孩漫不经心地从张胖身旁挤过去，她的长发挽成马尾，在张胖颊旁轻软地一撇，这一触细柔可爱，会令人打从心底酥痒起来，张胖却无来由地感觉到青春的失落，然而他的青春已经失落在很久很久以前了。如同召唤了一个死去经久的幽灵，它回来撕扯着张胖的心，三十三岁的张胖茫然地租了几部自己一点兴趣也没有的片子回家，然后在铺了破毛巾的枕头上发出一种"呜呜呜"的鸣声，并不是哭泣，只是种怪异但是却抑制不住的感觉。

过了一两天张胖的母亲打电话叫他回家去相亲，只听见张妈自个儿的声音琐琐细细说个没完，包括对方的长相、身材和嫁妆。她说了一会儿之后，张胖鼓起勇气想说些话来拒绝，但最后却只发出蚊蚋似的轻嗡："那女生已经怀孕两个月了哦。"张妈却没任何反应地继续叨念下去。张胖突然很想哭，眼泪冲到脑门上，但很快地，刚在眼眶里打过一转的眼泪就消失无踪。挂掉电话，张胖闭上眼睛，幻想着自己还在睡觉，他摸黑爬上床，骗自己从没下床接过什么电话。

他发现自己开始在下班回家的路上痴痴地浏览着橱窗里的运动休闲用品，运动，就是这个，只偷偷地在中午少吃一点饭有什么用呢？电视上谈减肥问题的专家也常常说这两个字的，但是深深吸引张胖的毋宁说是运动服饰和用品，运动只会让他想起读书时令他受过不少挫折的体育课，喘吁吁地跑动、汗淋淋地落在所有同学的后头。但是这些穿在模特儿身上的服装和球具就不同了，海报里一望无际的草地和天空，模特们汗水淋漓地奔驰在其中，或者是高高地腾空跃起，让镜头将他们留在空中，凝固的静止与完美。张胖晚上还做了梦，梦见他自己非常愉快地绕着高中时代的操场奔跑着，一圈又一圈，最后他飞了起来，一连穿破几张海报，出现在城市街头。

几个礼拜之间张胖都不停地想着跑步的事，更准确地说，他是想拥有一套运动服和一双新鞋，虽然他已经找过各种不同的理由劝阻自己，但他还是朝思暮想地想着运动这件事。他摸索着冰凉的玻璃橱窗，感觉到他人的世界正端放在玻璃橱里头，张胖将身躯贴近橱窗，不知是因为泪眼蒙眬或是因为他呼出的气息所致，张胖眼前一片模糊，也没看见瘦小尖脸的女店员正在那儿死盯着他。

张胖仍然在公司里忙到很晚，但是有几件事证明他已经下定决心要去运动了。第一件事就是他下班以后并没有打开电脑玩网络游戏，却喜滋滋地从床底下拖出某样东西再三抚弄。第二件事是他在搭公车回家的路上以一种前所未有的兴趣紧盯着路过的每一所学校和每一个公园。第三件事是到了下一个礼拜五的黄昏，他特地比平常提早了一些，和大家一样，五点准时下班。

他在社区前几站的初中校门口下了公车，公事包和西装外套分别挂在两只手上，几个半大的初中女生笑着走过去，马路边还有几个等公车的人，一只土黄色的狗一边畏惧着路人的脸色一边快步通过他们脚边。张胖踱着步子，踩在不少潮湿的选举宣传单上，然后鼓起勇气，低着头溜进校门。

操场上有许多民众在跑步健身，张胖找了一角地安放他的公事包和外套，然后从公事包里拿出一包塑胶袋，脱下皮鞋，小心翼翼地拿出一双黑白相间，上面打了钩的全新耐克鞋，然后卷起衬衫衣袖和裤管，虽然他还是有些后悔自己为什么不把运动衣也带来，但是对于今天的自己他已经非常满意了。我们真应该先想象一下他的模样，肥肥的裤管稍微卷上来几分，已经在公车上被挤皱了的衬衫松垮地包在浑圆的身躯上。

他缓慢地走到操场边缘，踌躇着如何跨开脚步，这时候一个满头银发的瘦巴巴老太太踏着羚羊般轻盈的脚步从他身旁经过，嘴里还重复嚷着一个听不清楚的句子，张胖的眼光才跟着她跑了一会儿，又有一个老太太钝重得像头兽一样踩了过去，一边咕噜咕噜的像只老猫，张胖这才发觉有一群上了年纪的老太太们正在疯狂地绕着操场跑步，还各自一边跑一边念个不停。

处在老太太们之间的张胖已经没有退路，只能不得已地跟在她们后头没什么劲儿地跑起来，跑不动时他就停下脚步喘一会儿气再跑。不知道经过了多久的跑跑停停之后，老太太们终于停下脚步，互相道别，这时候他早已经汗流浃背了，跟着跑了那么久，张胖觉得自己和老太太之间似乎出现了一些革命情感，所以当那个跑起来像只羚羊的瘦老太太带着鹿一样的神态走过来对他说"你应该说话，一边跑一边说话"的时候，张胖也不觉得有什么奇怪的。拖着自己回到家后，张胖洗过澡没吃饭就睡着了。

隔天午后他穿上新得令人有些难为情的运动服，打算走到那所初中去跑步，"我可以跑的……一定要坚持下去，一定要——但为什么是跑步呢？不是别的？"张胖害羞地喃喃自语，但是他真的想不出别的来，他只有突然想到前几天开会的时候老板娘横了他一眼，老板娘就是老板的老婆，她在公司里做公关经理，张胖突然咕哝了一声："老板娘现在和吴经理在床上。"

这句话就像是自己从他嘴里溜出来似的,张胖奇怪地抬起头来四处看看,只有卖红豆饼的小贩在小推车后面打哈欠。然而这句从他嘴里头偷偷挤出来的话却马上成了一个独立的实体,就像铁证如山一样,因为它曾经出现了,它也就存在了,张胖摇摇头,加快了脚步往前走,正好和老太太们撞个正着。

老太太们就出现在马路的另一端,她们也在向学校走去,张胖还来不及打招呼,高矮胖瘦的老太太们就先喊喊喳喳地围了上来。"ㄟ*!今天我要说:'星期三下午不倒垃圾'。"一个肚子鼓鼓的老太太眯着眼睛说,她瘦弱的胳臂上挂着松弛长斑的皮肤,"你呢?你要说什么?"银头发梳得非常整齐的瘦老太太走到他身边问,张胖还没来得及回答,其他人就纷纷嚷起来了,你一言我一语的,一个笑眯眯的婆婆说:"就说'我今年五十岁'好啦!""他又没有五十岁!"有个似乎很喜欢抱怨的声音这么说,"他没有五十

---

* 注音符号,音"欸"。

岁！"吵吵闹闹的老太太们簇拥着张胖走向操场，有模有样地做体操，然后跑步，张胖厚厚的脸颊因为运动燃起了红光，每个老太太都像昨天那样，嘴里重复着自己选定的台词，一面绕着操场慢跑。

"一定要说话，吐气、吸气，说一句想说的话就好了。"银发老太太跑过张胖身旁的时候，对他细声说，说完又咕咕噜噜地超越他跑到前头去了。

要说什么呢？张胖气喘吁吁地想着，觉得脑袋里一片空白，这时突然有一串字句像是打了个嗝一样，突然从张胖的嘴里溜了出来，"老板的老婆和别的男人在床上"。蹦出这句话以后他有一点难为情，但是怎么说呢？这句话的结构让张胖觉得很有意思，于是他又多念了一遍，然后是第二遍、第三遍，对嘛！其实也没什好在意的，反正又没有人会听到，不知道是因为嘴里忙着念念有词的关系，还是因为昨天练习的成果，这天张胖跑得很顺畅，虽然还是有点吃力和笨拙，但起码已经不用跑跑停停了。

不知不觉中，跑步成了张胖生活中的重心，在家也好在办公室也好，他都牵挂着和老太太们一起跑步的事，跑步时他可以嚷着从内心深处冒出来的话，也可以不再担心他人的目光，藏着这份秘密的快乐似乎使他的容貌改变了，处理事情时动作也变得敏捷起来。平时总是生活在众人阴影中的张胖摇身一变，自成一个发光体，许多同事都怀疑他恋爱了，本来没人在乎的张胖突然成为办公室里的焦点，平常被女同事评为"无聊""毫无感觉"的张胖开始引起她们的注目。时髦俏皮的阿光居然搞大了林小姐的肚子，未婚的女同事突然发觉张胖才是新好男人的典范，现在的张胖多可爱呀！他不但不再畏首畏尾，而且充满活力，还带着一股神秘感，好笑的是张胖的体重一丁点也没有下降，但所有人却都一口咬定他瘦了。

张胖对这些微妙的改变并没有太多的感觉，唯一的差别只是他几乎不再自言自语了，反正他想说的话都可以在跑步时说得一干二净。就拿今天来说吧，今天他想说的绝妙佳句就是："股票跌破六千点！"所以他一下了班就直奔学校，他现在再也不留下来加班了，老板不但没有抱怨，反而派了一个助理给他用，张胖猜测那是因为刚开除了吴经理，老板正需要做点好事来杜绝流言。

做完热身运动，张胖痛快地跨开步伐向前奔跑，和三三两两的老太太擦身而过，"股票——跌破——六千点！"张胖一边直着喉咙喊，一边挥动他的手臂，四周的景物嗡嗡地向两边撤退，张胖听见自己低声说："对嘛！我就知道我可以跑步的，其实我也能飞。"

他微微地笑了一下表示对这句话宽容的反驳，但却不经意地发现自己的后脚跟居然开始有些贴不着地了。

——写于二〇〇〇至二〇〇一年

人生要负责

纪大伟

《安静·肥满》是青年作家卢慧心的第一本短篇小说集。《安静·肥满》致力于境界,而不是叙事;这里的境界是广义的,有高有低,有雅有俗,包括角色之内的心景,也包括角色之外的景物。换句话说,这本小说集并不急于说故事(也就是叙事),而更耐烦地叙说人心内外的风吹草动。

我肯定这本小说的取舍,因为台湾艺文界长期过于偏袒叙事。"好书就是要说出好听的故事""好电影就是要会说故事""好的文学就是要说出动人的故事""好的小说就是要说出让人难忘的故事",这一连串口号简直在命令大众一看到叙事就要立正站好。

叙事／说故事当然不是好电影和好书的全部，不然侯孝贤、王家卫以及无数诗人早就可以洗洗睡了。这些不一定说故事的艺术工作者提醒我们：许多艺术形式也在描绘人心内外的色泽、温度、韵律、节奏，而这些跟说故事无关的慢工细活也可以让人心神动摇。小说往往被等同为叙事的艺术，可是许多国内外小说最让人依依不舍的地方并不在于紧凑的情节（这是叙事的绝招之一）、离奇的结局（这是叙事的另一绝招），而在于让人联想诗的画面。在过于迷信叙事的此时此刻，挣脱叙事的枷锁反而可以让许多艺文工作者突破瓶颈。《安静·肥满》让我觉得清新可喜，原因之一就是它不执着于叙事。

《安静·肥满》让我看到的境界，正如书名揭示，就是安静、肥满。还没有看过这本书的读者可能以为这种境界就好像是坐在京都秘巷的茶室赏菊花一样：茶室安静，菊花肥满，天地静好。但是看过书的读者会发现，"安静·肥满"这四个字恐怕更贴切形容

《安静·肥满》这篇小说中的人物：她懒得开口跟别人应答，所以安静；她懒得塑造让别人觉得赏心悦目的体态，所以身材肥满。但我要说，"安静·肥满"四个字当然可以用来形容这个涉嫌邋遢的女子，但也同时形容了她所处的境界：在这个看似讲究速度追究责任的社会，她跟社会形成反比，从容自在，持盈保泰，疾风知劲草。

《安静·肥满》教给我的道德教训，就是"人生要负责"。我并不是说《安静·肥满》督促读者对人生负责，而是说《安静·肥满》提醒读者幸存人世的代价就是要时时刻刻提起精神，善尽做人的责任：看到人要打招呼，收到简讯不能已读不回，要在职场情场打卡假装认真投入，要摆出笑脸，要收起小腹，要严禁自己翻白眼。做人很难。

但是"做人很难"这句话通常只留给深陷人际瓜葛的肝苦人专用，例如那些跟办公室政治、遗产纠纷、官员贪污、婆媳争执纠缠在一起的人生斗士。这些斗士处理的挑战是华丽版本的做人责任，并不是人人都

人生要负责　263

会遇到的。越来越多的人没有上班、没有继承、没有生意可做，没有进入婚姻；也就是说，越来越多人不会碰到华丽人生的枷锁。那种"朝九晚五正常上班族"在当今台湾现实生活中越来越罕见，"事少钱多离家近"早就是天宝遗事；在《安静·肥满》的世界中，庶民角色们归属在不被正视的劳动市场中，要不是被劳动市场排除，就是被卷入事多钱少离家远的轮回。在这种天地不仁的景况中，与其讲求负责的人生，不如退一步，不要负责，也不要太在乎人生。

在《安静·肥满》这篇小说中，胖大女子就是不想负责的人；她甚至在职场装笨，以便撇开职责。老实说，这是一种基本的断尾求生术，但是世人往往忘记。不巧，她的生活被一批高中男生闯入，而他们偏偏很吵闹、很精实（指运动后的身材）、很负责。他们还年轻，觉得负责的人生比较对，所以想要跟这个安静肥满的女子赔罪。双方的张力几乎散发出爱美浪漫的感觉，但我要说这种感觉来自小说作者擅长的境界呈现，而不是来自重视叙事的口号。

在《蛙》这篇小说中,女主角同时负责也不负责。为了一种看似简单其实沉重的责任感,她飞去泰国乡下,探望亲生姐姐的小孩(亲姐姐在别的地方打工——正是全球化时代,钱少事多离家远的劳动条件),当孩子的短期保姆,却在小孩频频要求承诺的时候拒绝孩子:她不要孩子误以为她爱孩子,也就是说她就连口头上的负责都拒绝。她不要那么投入做人,或许这样正可以防止孩子太在乎悲欢离合。

在《车手阿白》这篇小说中,"车手"这个绰号正好为阿白这个角色做注脚:车手,就是要负责任但是没有甜头可吃的小弟;阿白,就是因为害怕责任(对女人负责)而宁可放弃甜头不吃(宁可避免男欢女爱)的典型异性恋男人。阿白可以跟小说女主角结为关系暧昧的红粉知己,正是因为双方都巧妙卸责做人。

在崩世代*度小月的时代,《安静·肥满》不是自暴自弃的叙事,而是大智若愚的境界。

---

* 指在新自由主义经济和财团化政治模式下,面临着政治、经济和阶级上的困局的台湾八〇后世代。

人生要负责　265

那双温和的眼睛

柯裕棻

卢慧心写小说有创世般的强大天赋,她非常彻底摸透"活着"为何。她擅长建构无限逼近真实的现实——通常写实的故事予人无情之感,可是她的情感看起来疏淡却一笔一笔写得极深刻。生活与光阴是有节奏的,眼泪落下是有重量的,期待落空的时候像死金鱼一样浮了起来,她的故事情节每一拍都扎实清楚,轻重分明。

她熟知生活的纹理和气息,她尤其善写悠缓荒芜的日常。这不疾不徐的调子叫人凛然,是否那双温和的眼睛其实看过地狱,所以才能够冷静自持地说这些哀戚的故事呢。人心九拐十八弯的犄角她都理解，且将几可乱真的生活感严丝合缝融在一起，神不知鬼不觉将你拎起来放到虚构的命运里。她说故事没有愤恨也无鄙弃，真实得吓人。但她常说自己满口谎言，说谎成性。她或许真的擅长哄骗，谎言说得那么真诚，读着读着很难不把心掏出来。可她又不让你流泪，她让你自己看个明白。

我们通常昵称她"车车"，究竟是何缘故已记不清了，我觉得这个平声略带长气音的叠字很适合她。日常往来她像是日本电视剧中轻快却有分寸的女生，温暖和平，几乎没有尖锐的话语。可是，偶尔她会让人忽觉其内在宇宙深邃难测，她会说出看似平淡却一针见血的感想。她会看见明摆着的事实之后暗隐的因果关系。她会轻轻指出无人敢直视的粗粝现实。

她的穿着素雅自然，我曾问她这是森林系还是都会风，怎能调和这两种特质毫无违和。她大笑说，森林里也有很多可怕的东西噢。她也很适合那种微微过曝的都会镜头，清风拂着发尾，半边脸清晰稳定，另半边脸在晴光里与周遭事物一起朦胧化开。她的作品也体现了都会神话半明半昧的特质，宁静又可怕。绝望溃倒时仍支撑着新娘的礼服马甲，日出前即将宰杀的鸡啼，死难前夕的情意缱绻，乌水沟里藻荇青翠飘摇，公寓楼下徘徊的男孩魂魄……清晰可辨的总是世事的秩序，饮食、睡眠、洗澡、行走，生生循环，朦胧难言的是扯也扯不开的感情，将生命的细节紧紧绑缚在一起。

代后记　写作放我自由

将过去零散写下的短篇小说集结在一起，我才发现下雨和失明是我重复使用的两个意象。

这本集子里最早的一篇是二〇〇〇年写的，那两年我常投稿，刊出后，也是一时开心，没有保存好，之后也很少为自己写作，以至于到了今天，能拿出来的小说不多，才十一个短篇，便横跨了十五年。也许小说永远是写给未来的，过去的小说我今天已经写不出，十五年前的小说，便成了写给自己的信。

二〇〇一年起至今，我写了十几年的电视剧剧本，电视剧的成立过程非常偶然混沌，操控在许多未知中，只有剧本的部分必须制式、透明，每集剧本都得在工作团队里一再讨论，才能动笔，写完还要历经许多检讨、修动，离原本面目越来越远。多年来在这样自主性低的业界当一个螺丝钉，令我更崇信创造的神秘。这当然是从一个极端奔往另一个极端，每天神秘（经）兮兮的不是办法，再说，神秘与事实之间亦非必然相斥或相关。

数年前我读了娜妲莉·高柏的《心灵写作》，豁然明白，写小说是我今生自我实现的办法，这让我很欣喜，但与实践仍有很大距离，直到我的挚友（兼最佳读者）诗人隐匿生病，我才突遭雷击，知道自己非写不可。在这时时的有限中，我必须直视自己的心灵，而照见的办法就是写作。我很想说我的写作一帆风顺，人还长高变漂亮了，但实情远非如此。我在写作里有苦也有乐，虽有心要写，却又时常逃避，但写作毕竟是我替自己选的修行，我在写作里成为自己。

我无法解释我的小说里为何反复出现下雨与失明，但我深知那些选择必有因果，我庆幸自己曾写下这些小说，创作就是实证，我拙于论理，而写作放我自由。

——卢慧心写于二〇一五年八月

图书在版编目（CIP）数据

安静・肥满 / 卢慧心著. -- 北京：北京日报出版社，2024.8. -- ISBN 978-7-5477-4994-4
Ⅰ．I247.7
中国国家版本馆CIP数据核字第2024MS8719号

北京版权保护中心图书合同登记号：01-2024-3589

本书由台北九歌出版社有限公司授权出版

责任编辑：姜程程
特约编辑：黄盼盼
封面设计：汐 和 at compus studio
内文制作：陈基胜

出版发行：北京日报出版社
地　　址：北京市东城区东单三条8-16号东方广场东配楼四层
邮　　编：100005
电　　话：发行部：（010）65255876
　　　　　总编室：（010）65252135
印　　刷：山东韵杰文化科技有限公司
经　　销：各地新华书店
版　　次：2024年8月第1版
　　　　　2024年8月第1次印刷
开　　本：787毫米×1092毫米　1/32
印　　张：8.875
字　　数：124千字
定　　价：59.00元

版权所有，侵权必究，未经许可，不得转载

如发现印装质量问题，影响阅读，请与印刷厂联系调换：0533-8510898